Gobshite Quarterly

Double Trouble / Issue 19 – Summer 2015

This issue is dedicated to the memory of:

Robert Stone (21 Aug., 1937 — 10 Jan., 2015)
Francesco Rosi (15 Nov., 1922 — 10 Jan., 2015)
Anita Ekberg (29 Sept., 1931 – 11 Jan., 2015)
Edgar Willmar Froese (6 Jun., 1944 — 20 Jan., 2015)
"Terry" Pratchett, (28 Apr., 1948 — 12 Mar., 2015)
Dævid Allen (13 Jan., 1938 — 13 Mar., 2015)
Manoel de Oliveira (11 Dec., 1908 — 2 Apr., 2015)
Judith Malina (4 Jun., 1926 — 10 Apr., 2015)

○ ○ ○

This issue is dedicated to the memory of:

Eduardo Galeano (3 Sept., 1940 — 13 Apr., 2015)
Günter Wilhelm Grass (16 Oct., 1927 — 13 Apr., 2015)
Anne Meara (20 Sept. 1929 — 23 May, 2015)
Ornette Coleman (9 Mar., 1930 — 11 Jun., 2015)
Christopher Lee (21 May, 1922 — 7 Jun., 2015)
Phil Austin (6 Apr., 1941 — 18 Jun., 2015)
Gunther A. Schuller (22 Nov., 1925 — 21 Jun, 2015)
Patrick Macnee (6 Feb., 1922 — 25 Jun, 2015)

Gobshite Quarterly

Double Trouble / Issue 20 – Fall 2015

Gobshite Quarterly

Double Trouble / Issue 19 – Summer 2015

Historic selfie:

Fri, 26 June, Portland poet Brenda Taulbee & her inamorata Carly stand on the Supreme Court steps moments after the historic rulling that federally legalized gay marriage in the United States.

"Apple sauce!" Justice Scalia wrote in his Tourette's-addled dissent.

Well, if this be apple sauce, yes please!

The Usual Suspects
Staff

Editor R. V. Branham

Office Mgr. Sofia Sensei Satori Shostakovna Satyagraha Stolicniya Sashimi Shitkicker

Assoc. Editor

Contrib. Editors T. Warburton y Bajo & Channing Dodson & M. F. McAuliffe & Michael Lohr & Douglas Spangle & Arianna Morgan &

Field Correspondent Michael Lohr

House Tr. T. Warburton y Bajo (Sp.) & Channing Dodson & チャニング・ドッドソン (Japanese) & Алекса Сигала (Russian) & Michael Lohr (Scand.) & rvb (Sp.)

Design T. Warburton y Bajo

Cover Illo Graham K. Willoughby

Cover comix & phfoto illos M. F. McAuliffe & Finnish Postal Service & Wild eyed grp.

Photos M. F. McAuliffe, & T. Warburton y Bajo

Layout T. Warburton y Bajo & R. V. Branham

Editorial & Design Assts. Channing Dodson & Arianna Morgan & Camille Perry

Legal Peter Shaver

Publisher GobQ LLC/Reprobate Books

Double Trouble Flipbook double Issues printed Jan. & July of ea. year.

Current ed., printing Ingram Spark [*prev. ed, printing* Unwork, Ediciónes Cascadia]

Also distributed nationally & internationally through Ingram Spark/Lightning Source POD

Sold through independent bookstores & available through amazon dot com

P.R. P. H. Vazak

Gobshite Quarterly: Double Trouble, Nos. 19/20, Summer & Fall 2015
ISBN 978-1-943276-29-5

GobQ volunteers: Qualified candidates please send résumé to
GobQ. LLC, 338 NE Roth St., Portland, OR 97211, or to gobq@yahoo.com

Sp. thanks to Craig Florence, Priscilla Galligan, Rhonda Hughes, Kevin Sampsell, Domi Shoemaker, Curtis Whitecarrol, Lidia Yuknavitch, & esp. thanks to Virginia Marting, M.F. McAuliffe, & Cesar Noriega for copy-editing all Spanish tr. fr. the English

Copyright © 2015, by Gobshite Quarterly, GobQ LLC., Individual Contrib. & tr. Copyrights notwithstanding...

All rights reserved & tra la la & boo-fucking-hoo....

2	Selfie: @ SCOTUS. ... (Selfie) (OR)	Brenda Taulbee & Carly
5	Gobwords	rvb
5	The Usual Suspects	Contributors
8	ramus miestelis siaubo,	Marius Burokas;
&	a sleepy town on the edge,	tr. fr. the Lithuanian, Rimas Uzgiris;
9	Un borgo addormentato,	traduzione, Novella d Nuncio;
	Un pueblo adormecido en el borde) (poesia)	traducción, T. Warburton y Bajo y rvb
	(pome)(poesia)(poema)(Lietuva/Lithuania)	
10	Wrinkle,	Trevor Dodge;
	Hrukka, Kurttu,	þýtt úr ensku, Käännetty Englanti tekijän,,
	Arrugas	Michael Lohr;
	(feuilliton)(OR)	traducción, T. Warburton y Bajo y rvb
11 &	Collage poem 6 [farsi text],	Ziba Karbassi;
12 &	Collage Poem 6,	tr. fr. the Farsi, Z. Karbassi & Stephen Watts;
13	Poema del collage 6	traducción, T. Warburton y Bajo y rvb
	(pome)(poema)(Iran)	
12	The Dead Man Drinks Fr. Your Soul/	Yannis Livadas;
&	El Muerto Bebe De Tu Alma	traducción, Mario Domínguez Parra
13	(pome)(poema)(Fr./Greece)	
14	Puro vicio, **Inherent Vice**	Sergio Morera;
	(ensayo)(essay) (Cataluña/España)	tr. fr. the Sp., rvb
24	catalyst of the furrowed brow,	Christopher Luna;
&	catalizador de la ceja surcada,	traducción, T. Warburton y Bajo y rvb;
25	クリストファー・ルナ	翻訳：チャニング・ドッドソン;
	(pome)(poema)(شعر)(し)	Arabic Tr., El Habbib Louai
26	Коллáж / Collage (**Bosnia Herzogovina**)	Семир Авðић
27	Forveksling,	Birgit Munch;
	Changling (feuilliton)	tr. fr. the Danish, Mark Wekander
	(Danmark/Denmark)	
28	Pakelti,	Aivarass Veiknys,
	Lifting,	tr. fr. the Lithuanian, Rimas Uzgiris;
	Levantando	traducción, T. Warburton y Bajo y rvb
	(poesija)(pome)(poema) (Lietuva/Lithuania)	
29	Коллáж / Collage (**Bosnia Herzogovina**)	Семир Авðић
30	Five Years Too Late,	J. Adam Collins;
&	Cinco años demasciado tarde,	traducción, T. Warburton y Bajo y rvb;
31	Fimm ár of seint, J. Adam Collins	þýtt úr ensku, Michael Lohr
	(pome)(kvæða)(poema) (OR)	
31	Të ngresh zëren, Raise Your Voice,	Julia Gjika; tr. fr. the Albanian, Ani Gjika;
	Levante su voz	traducción, T. Warburton y Bajo y rvb
	(poemë)(pome)(Shquiërisë/Albania)	

32	Stealing Bread From the Mouth of Decadence, Stela Brauð úr munni úrkynjun, Varastaminen Leipä suusta Decadence, Ronbando el pan de la boca de la decadencia (feuilliton)(OH)	Michael Lohr; þýtt úr ensku af höfundi, Käännetty Englanti tekijän, M. Lohr; traducción, T. Warburton y Bajo y rvb
33	Fried Chicken, Pollos fritos (memoir)(biografía)(OR)	Sean Davis; traducción, T. Warburton y Bajo y rvb
40 & 41	20% Koncentracijos Stovykla, 20% Concentration Camp, Campo de concentración de 20%, (poesija)(pome)(poema)(Lietuva/Lithuania)	Aušra Kaziliūnaitė; tr. fr, the Lithuanian, Rimas Uzgiris; traducción, T. Warburton y Bajo y rvb
42 & 43	saulės rate bėgantis žiurkėnas ir yra saulė, The hamster running in the sun wheel is himself the sun, El hámster que corre en la rueda del sol es el mismo sol (poesija)(pome)(poema)(Lietuva/Lithuania)	Aušra Kaziliūnaitė; tr. fr, the Lithuanian, Rimas Uzgiris; traducción, T. Warburton y Bajo y rvb
44	An Europa, To Europe(Gedicht)(pome)(Helvetica/Switz.)	Friedrich Dürrenmatt; tr. fr. the Germ., Daniele Pantano
45	Karštis, Heat, Calor (poesija)(pome)(poema)(Lietuva/Lithuania)	Judita Vaičiūnaitė; tr. fr, the Lithuanian, Rimas Uzgiris; traducción, T. Warburton y Bajo y rvb
48	ТОНИ + ЛЮДА = ЛЮБОВЬ, Tony+Lyuda = Love, Tony+Lyuda = Amor (рассказ)(fiction)(cuento)(Руссия/Russia)	Павел Лемберскй; tr. fr. the Russian, Alex Cigale; traducción, T. Warburton y Bajo y rvb
52	Коллáж / Collage (Bosnia Herzogovina)	Семир Авдић
53	Super Heroes, Superheroés (fiction)(cuento)(OR)	Michael Sage Ricci; traducción, T. Warburton y Bajo y rvb
56	The Year of the Green Wooden Horse, El año del caballo de madera verde (pome)(poema)(OR)	J.M. Reed; traducción, T. Warburton y Bajo y rvb
57	Razor Blades & India Ink, Cuchillas de afeitar y tinta de la india (pome)(poema)(OR)	Brenda Taulbee; traducción, T. Warburton y Bajo y rvb
58	Das Sonet vom Zuchthaus, Jail Sonnet (Gedicht)(pome)(Helvetica/Switz.)	Robert Walser; tr. fr. the Germ., Daniele Pantano

Respectfully flip the book over, as Issue 20, Fall, 2015, is a whole upsy-daisy 58 pgs away fr. the Summer 2015 issue

GobQ Summer 2015 | 5

Gob Words

A word to give offense, when offense may be due. *Gobshite*, per OED, is what the American crew of Adm. Perry's Expedition to Japan were called by the natives; American Heritage Dictionary, 4th. ed., refers to a wad of expectorated chaw & to the Old Eng. *Shiten*; yet another dictionary refers to a Gobshite as a *"pernicious blatherskite"*—in other words, a stiff to read the teleprompter feed for CNN or for Rupert Murdoch's Fox *"News"* bullshit mountain. & as for those offended by the word, they can now be offended bilingually, trilingually, & quadrilingually, because all English language pces have a foreign lang *en-face* escort, whether Spanish, Arabic, Icelandic, Farsi, Albanian, Finnish, Russian, Lithuanian, Gaelic, Japanese, or whatever language is willing to put on its UN Observer cap. For those who would control speech (& by ext., thought), get a life... Failing that, get a lifestyle. Wasn't it Pulitzer who said that journalism should comfort the afflicted & afflict the comfortable? Finally, we *are* a Rosetta Stone for the New World Order. [More GobWords in Fall issue] — *rvb*

The Usual Suspects
CONTRIBUTORS

Семир Абдић / Semir Avdić, based in Sarajevo, has had pomes in Bosnian webzines & 2 print colls, as well as in GobQ. Also a visual artist, he returns to GobQ w. several colláges.

Marius Burokas (b. 1977) is a freelance writer & tr. whose work has been tr. into Polish, Russian, Latvian, Finnish, Slovenian, English, German & Ukrainian. [& *now, Spanish.*] He's tr. Allen Ginsberg, Wm. Carlos Williams, J.G. Ballard, Chas Bukowski, Philip Roth, & Jeanette Winterson. He returns to GobQ w. *ramus miestelis siaubo / a sleepy town on the edge / Un borgo addormentato / Un pueblo adormecido en el borde* (poesija)(pome)(poesia)(poema).

Alexander Cigale, NYC-based poet & tr., & freq. GobQ contrib., returns w/ his tr. of Павел Лемберский's *ТОНИ + ЛЮДА = ЛЮБОВЬ. / Tony+Lyuda = Love / Tony+Lyuda = Amor* (рассказ)(fiction)(cuento).

J. Adam Collins, Night Owl Press, assoc. ed. returns to GobQ w/ *Five Years Too Late / Cinco años demasciado tarde, Fimm ár of seint* (poem)(kvæða)(poema). He'll be doing a chapbook proj. w. Reprobate/GobQ in 2016.

Dan Cross & Michael Fikaris, Oz comic book collabs., return w. *Endless Karma*.

Novella d Nuncio did the Italian tr. of *ramus miestelis siaubo/ a sleepy town on the edge / Un borgo addormentato / Un pueblo adormecido en el borde* (poesija)(pome)(poesia)(poema).

Sean Davis, when not shipped off w/ his Nat'l Guard unit to Afghanistan, Haiti, or Katrina (or currently fire-fighting in OR.), when not winning a Purple Heart, when not teaching writing at Mt. Hood & Clackamas Community Colleges, when not post commandeering Amer. Leg. Post 134 in PDX's Alberta District, writes fiction & essays; his work's been in *Flaunt, Sixty Minutes*; his memoir, *The Wax Bullet War*, is avail. fr. Ooligan Press. Sean makes his GobQ debut w/ *Fried Chicken / Pollos fritos* (memoir)(biografía), & will embark on a chapbook proj. w. Reprobate/GobQ books in 2016.

Trevor Dodge's work has been in *Hobart, Golden Handcuffs Rev., Gargoyle,* & *Fiction Int'l*. He returns to GobQ w. *Wrinkle / Hrukka / Kurttu / Arrugas*, a feuilliton, or, if you insist, a flash fiction.

チャニング・ドッドソン, Berkeley, Sta. Cruz, & Seatac-raised, now a PDX-based kana-wrangler, bagpipe virtuoso, & GobQ contrib. ed., returns w/ Japanese tr. of a few English lang. contribs.' works.

Friedrich Dürrenmatt (1921–1990) is best-known for *The Pledge* (1958), made by Sean Penn into a magesterially dour film in 2001. He returns to GobQ w/ *An Europa / To Europe* (gedicht)(pome) in this issue.

El Habib Louai, currently teaching English at a jr. high sch. in Morocco, is a poet & tr. whose work has been in in *Big Bridge Mag., Joypuke, Semicolon, Illot Literary Rev., Big Scream,* and *Pirene Fountain;* his classical Arabic tr. of Beat authors have been syndicated in Moroccan newspapers. Louai was awarded an Aimee Grumberger scholarship at the Jack Kerouac Sch. at Naropa U. On holidays, Louai takes his pomes & tr. on the road, & his first English lang. coll. is avail. He tr. Christopher Luna's *Catalyst of the Furrowed Brow / catalizador de la ceja surcada /* かめ面の触媒 , クリストファー・ルナ into Arabic.

Ani Gjika, Albanian-Amer. poet & tr., is author of *Bread on Running Waters*. Her work appears in *AGNI Online, Seneca Rev., Salamander,* & elsewhen. She returns w. her tr. of Julia Gjika's *Të ngresh zëren / Raise Your Voice*.

Julia Gjika is of the 1st. gen of Albanian women poets; her books incl. *Ditëlindje / Birthday* (1971), *Ku Gjej Poezinë / Where I Find Poetry* (1978), & *Ëndrra e Kthimit / The Dream of Return* (2010). She returns to GobQ w. *Të ngresh zëren Raise Your Voice / Levante su voz* (poemë)(pome)(poema).

Ziba Karbassi, born in Tabriz, Iran, & as a teenager exiled w/ her mother fr. the mid-1980s; since then she's been based in London. She has published 10 books of poetry in Farsi, 2 in English & Italian, & is widely regarded as the most accomplished Persian poet of her generation. Fr. 2011 to 2014, Ziba chaired Exiled Writers Ink in UK. In 2014 she won Azerbaijan's Golden Apple poetry prize. She makes her GobQ debut w/ *Collage Poem 6*, trilingually, in Farsi, English, & Spanish.

Aušra Kaziliūnaitė (b. 1987) received a BA in history & an MA in religious studies fr. the Lithuanian Pedagogical U. Currently, she is pursuing her doctoral studies in philosophy at Vilnius U. She has published 2 pome colls.: *First Lithuanian Book* (2007) & *20% Concentration Camp* (2009). For the former, she was awarded the Elena Mezginaitė Prize. Her 3rd. book is currently in prod. Aušra is one of the youngest members of the Lithuanian Writer's Union. She teaches aesthetics at Vilnius U.

Павел Лемберский / Pavel Lembersky was born in Odessa, Ukr. After UC Berkeley & S.F. State U. film studies, he worked on projs. w. Spalding Gray & Jonathan Demme. He writes fiction in Russian, & screenplays in English. His story coll.'s incl. *River #7*, and *The City Of Vanishing Spaces*. He returns w/ *ТОНИ + ЛЮДА = ЛЮБОВЬ, / Tony+Lyuda = Love / Tony+Lyuda = Amor* (рассказ)(fiction)(cuento).

Yannis Lividas, living in Paris, Fr., is a contemporary Greek poet, ed., essayist, & tr. of 50+ vols. of American pomes & prose; his work has been tr. into Eng., French, German, (S. Asian) Bangla, Croatian, Spanish & Serb. He sometimes writes his 1st. draft in Eng., as is evident in his GobQ debut, *The Dead Man Drinks Fr. Your Soul / El Muerto Bebe De Tu Alma* (pome)(poema).

Michael Lohr, based in Ohio, returns w. a baker's 1/2-doz. respective Icelandic & Finnish tr. of several contribs.' works, as well as his own *Stealing Bread Fr. the Mouth of Decadence / Stela Brauð úr munni úrkynjun / Varastaminen Leipä suusta Decadence / Ronbando el pan de la boca de la decadencia* (feuilliton, or, if you will, flash fiction or reasoned rant).

Christopher Luna, Clark county's poet laureate, makes his GobQ debut w/ *catalyst of the furrowed brow / catalizador de la ceja surcada / クリストファー・ルナ* (pome)(poema)(し).

Sergio Morera, contrib. to Barcelona-based *Transit*, makes his GobQ debut w/ an analyisis of the Pynchon-based Paul Thos. Anderson film, *Puro vicio / Inherent Vice* (ensayo)(essay). The English tr. by rvb was commissioned for this issue.

Birgit Munch, based in Denmark, returns w/ a feuilliton, *Forveksling / Changling*.

Daniele Pantano returns w/ his tr. of Friedrich Dürrenmatt's *An Europa / To Europe* (gedicht)(pome).

Mario Domínguez Parra did the Sp. tr. of Lividas' *The Dead Man Drinks Fr. Your Soul / El Muerto Bebe De Tu Alma* (pome)(poema).

J.M. Reed, based in PDX, makes her GobQ debut *The Year of the Green Wooden Horse / El año del caballo de madera verde* (pome)(poema).

Michael Sage Ricci, med student, tattoo artist, & member of Dangerous Writers, makes his GobQ debut w. *Super Heroes / Superheroés* (fiction)(cuento).

Brenda Taulbee, PDX-based, has a chapbook, *The Art of Waking Up: 62 Poems & a Song of Despair*, avail. fr. Reprobate / GobQ Books. She returns w. *Razor Blades & India Ink / Cuchillas de afeitar y tinta de la india* (poem)(poema).

Rimas Uzgiris has work in *Barrow St., AGNI, Atlanta Rev., Kin, Hudson Rev.* He teaches lit., tr. & creative writing at Vilnius U. He did the Eng. tr. of Burokas' *Para / All Day / Todo el día*; since he writes in Lithuanian, & in Eng., his own pome *Mirror Metaphysical / Veidrodžio metafizika / Espejo metafísico* was tr. into Lithuanian [& Spanish].

Juditha Vaičiūnaitė (1937—2001) is regarded as the best Lithuanian poet of her generation. She returns w. *Karštis / Heat / Calor* (poesija)(pome)(poema).

T. Warburton y Bajo & rvb are co-trs. of a baker's doz. of this issue's English, Russian, Lithuanian, & Albanian lang. works into Spanish.

Robert Walser (1878—1956), among many many things, wrote the novels *The Tanners* (1906), & *The Assistant* (1908). He returns, yes, w/ the pome *Im Bureau / In The Office*.

Stephen Watts, London-born, w. cultural roots in the Swiss Italian Alps & Scotland, is a poet, ed., & tr. He makes his GobQ debut w/ his contranslation of Ziba Karbassi's *Collage Poem 6*.

Mark Wekander returns w/ his tr. of Birgit Munch's feuilliton, *Forveksling / Changling*.

Graham Willoughby, whose artwork has adorned our covers since the 2nd. is., returns in color! Graham has exhibited in galleries in the US, Germany & his native Oz, & has artist books in museum colls. worldwide.

ramus miestelis siaubo

ramus miestelis siaubo
filmo pakrašty
laimingas vaikas prie
paminklo
vaikosi balandį čia
nieko neįvyks
saulėlydis kas
vakarą išdegina
tinklainę ir
atmintį o man
tai tinka žinot
nenoriu nieko tik
nueinu vogčiom
pavakariais prie
upės pažiūrėti ar
srovė į švendrus
neatplukdė lopšio

— *Marius Burokas*

a sleepy town on the edge

a sleepy town on the edge
of a horror film by
some monument
a happy child drives
a dove to us nothing
will happen here
every evening
the sunset burns
out the retina and
memory so it's good
that i know i don't
want anything but
to slink through the reeds
in the gloaming by
the river to see
if the stream washed
up a cradle

— *Marius Burokas*
(tr. fr. the Lithuanian, Rimas Uzgiris)

Un borgo addormentato

Un borgo addormentato
sul ciglio di un film dell'orrore
un bambino felice vicino
a un monumento
muove una colomba qui
non accadrà niente
il tramonto ogni
sera brucia
la retina e
la memoria e per me
è bene sapere
che non voglio nient'altro che
andarmene in segreto
all'imbrunire lungo
il fiume per vedere se
la corrente tra le canne
ha dondolato una culla.

— *Marius Burokas*
(traduzione, Novella d Nuncio)

Un pueblo adormecido en el borde

un pueblo adormecido en el borde
de una película de terror cerca de
algún monumento
un niño feliz conduce
una paloma para nosotros nada
pasara aqui
cada tarde
la puesta del sol incendia
la retina y la
memoria por tanto está bien
que sé que no
quiero nada más que
ensconderme entre las cañas
en la oscuridad por
el río para ver
si la corriente trajo
una cuna

— *Marius Burokas*
(traducción, T. Warburton y Bajo y rvb)

Little Beirut, Oregon

Wrinkle

Trevor Dodge

" Ain't *nobody* in your family *never* did no farmin?"

She'd tell stories when she didn't want him touching her. He'd slide back down his side of the wrinkle in the mattress the movers made when they folded it in half to make that turn in the stairwell. Blankets pulled all the way up to her nostrils so only the tip of her could breathe.

He wanted to control time, not her. To go back to when there weren't any stories and the wrinkle wasn't a mountain. To get a picture of the knotted blankets down at the foot of the bed. Of what they'd splayed open there.

Her favorite story was about a farmer who couldn't cry. But what happened to that story is what happens to every story. You tell it and you tell it and you tell it. Until it becomes a question. Q

Hrukka

Trevor Dodge

(þýtt úr ensku, Michael Lohr)

" Aint enginn í fjölskyldu þinni aldrei gerði ekkert farmin?"

Hún myndi segja sögur þegar hún vildi ekki að hann snerti hana. Hann myndi renna aftur niður hlið hans á hrukkum í dýnu sem Movers gert þegar þeir brjóta það í tvennt til að gera það snúa í stigagangi. Teppi dreginn alla leið upp að nösum hennar svo aðeins vísbendingum um hana gæti andað.

Hann langaði til að stjórna tíma, ekki hana. Til að fara til baka þegar það voru ekki allir sögur og hrukka var ekki fjall. Til að fá mynd af hnýtt teppi niður við rætur rúminu. Af því sem þeir myndu splayed opinn þar.

Uppáhalds saga hennar var um bónda sem gat ekki gráta. En hvað varð um þá sögu er það sem gerist í hverjum saga. Þú segir það og þú segir það og þú segir það. Þangað til það verður spurning. Q

Kurttu

Trevor Dodge

(Käännetty Englanti tekijän, Michael Lohr)

" Aint kukaan perheesi koskaan tehnyt mitään Farmin?"

Hän oli kertoa tarinoita, kun hän ei halunnut häntä koskettaa hänen. Hän oli liukua alas hänen puolella ryppy patjan muuttajia tehdään, kun he taitetaan kahtia tehdä, että käänne rapussa. Huopia veti kaikki asti hänen sieraimiin niin vain kärki hänen voisi hengittää.

Hän halusi hallita aikaa, eikä häntä. Palata, kun ei ollut mitään tarinoita ja ryppy ei ollut vuoren. Saadaksesi kuvan solmitut huopia alas jalka sängyn. Mitä he olivat harallaan auki siellä.

Hänen suosikki tarina oli noin maanviljelijä, joka ei voinut itkeä. Mutta mitä tapahtui, että tarina on mitä tapahtuu joka tarina. Kerrot sen, ja kerrot sen ja kerrot sen. Kunnes siitä tulee kysymys. Q

Arrugas

Trevor Dodge

(traducción, T.Warburton y Bajo y rub)

" No hay nadie en tu familia que nunca haya cultivado?"

Ella contaba historias cuando no quería que él la tocarla. Él se deslizaba de nuevo bajo su lado de la arruga en el colchón que los muchachos del la mudanza hicieron cuando lo doblaron por la mitad para hacer ese giro en la escalera. Las mantas tironeadas hasta sus fosas nasales por lo que sólo la punta de ella pudiera respirar.

Él quería controlar el tiempo, ella no. Para volver a cuando no había ninguna historias y la arruga no era una montaña. Para tener una imagen de la mantas anudadas a los pies de la cama. De lo que ellos habían extendido abierto allí.

El cuento favorito de ella era sobre un campesino que no podía llorar. Pero lo que pasó en ese cuento es lo que pasa en cada cuento. Lo cuentas y lo cuentas y lo cuentas. Hasta que se convierte en una pregunta. Q

زیبا کرباسی

کلاژ ٦

...حال این واژه را در دهان شعر

این بلوز به این دامن نمی آید این دامن به این شال این شال به این کفش این کفش به این جوراب این مو به این پوست این پوست به این نگاه این نگاه به این چشم واین چشم به این چهره سخت نمی آید

رنگ ها تکیده اند

واژه نمی ترکد در متن

سُر می خورد از صفحه سطر

پُکیده حسّ خواستن از هر چه به هر چه می آید و همه چیز همینطور نیامده نیم بند می ماند

مثل من که یک نفس دانسته ام

بی تو حتّی نفس کشیدن هم به من نمی آید

دانه ی بارانی که دُردانه شد می داند...

NOTE:
Farsi text, this pg., English & Spanish tr. txts, next facing pages:
COLLAGE POEM: 6
POEMA DEL COLLAGE: 6

COLLAGE POEM: 6

The feel of this word in the mouth of the poem ...

This shirt doesn't suit this skirt this skirt doesn't suit
                                      this shawl
this shawl doesn't go with these shoes these shoes don't
                          fit with these socks
this hair with this skin   this skin & this look   this look
              & my eye   my eye & my face they don't
                                    fit at all

The colours are bleach-gone the word doesn't explode
from the surface   the line slips right off the page and the
feel of want shrivels up when anything but anything goes

And everything stays as it is half-done half-ripe
And in one breath I've understood just like that
That without you   even breathing doesn't suit me
                                      at all

The drop of rain that became a pearl knows all
                        about this

   — *Ziba Karbassi*
      (tr. fr. the Farsi, Ziba Karbassi & Stephen Watts)

London, UK / Iran

Paris, France / Athens, Greece

The dead man drinks from your soul

Swept away unburied in an alley
Mute
So the oracle about something insignificant on tv
Proves itself wrong:

Trees spoke in their sleep
With the dream of the curiosity of their voices;
Into inexpressible quarries
Where the moon was carving the form
Of a Buddha;
This hit-and-run silence
Appears like a rope dancer
And right under the immense trunks
Of the trees of death burst a blossom
Per movement

So I drink from your glass
Like the dead man drinks from your soul.

                      — *Yannis Livadas*

POEMA DEL COLLAGE: 6

La sensación de esta palabra en la boca del poema …

Esta camisa no combina con esta falda   esta falda no combina
                                                   este chal
Este chal no va con estos zapatos   estos zapatos no
                            encajan con estos calcetines
Este pelo con esta piel   esta piel y este Look   este Look
               y mi ojo   mi ojo y mi cara   no
                       encajan en absoluto

Los colores estan decolorados   la palabra no explota
desde la superficie   la línea se separa justo de la página y la
sensación de querer se seca cuando nada pero todo vale

Y todo sigue como si estuviera mitad terminado mitad maduro
Y en un solo aliento he entendido   sólo como eso
Que sin ti   incluso respirar no me queda
                        Bien

La gota de lluvia que se convirtió en una perla sabe todo
                                 sobre esto

   — *Ziba Karbassi*
     (traducción, T. Warburton y Bajo y rvb)

El muerto bebe de tu alma

Por odas enterrados
Usurpados —
Y quizás se confirme el error de aquel
Oráculo que hablaba de algo que mostraba la televisión —

Árboles que hablaron mientras dormían
Con el sueño de la curiosidad de sus voces;
De inexpresables canteras
Sobre las que la luna tallaba la forma
De un Buda;
El silencio dicen (¡!)
Se aparece cual equilibrista
Y desde abajo enormes troncos
De los árboles de la Muerte florecen
En cada movimiento.

Bebo por tanto de tu vaso
Como el muerto de tu alma.

   — *Yannis Livadas*
    (traducción, Mario Domínguez Parra)

Barcelona, Cataluña, España / Barcelona, Catalonia, Spain

Puro vicio (Inherent Vice)

Sergio Morera

Inherent Vice

Sergio Morera

(tr. fr. the Spanish, rvb)

After The Golden Fang

Cuando Michel Subor le pidió consejo a Claire Denis para preparar su papel de Louis Trebor en *L'intrus* (2004), ella le recomendó que escuchara a Johnny Cash. Le dijo al actor que tratara de parecerse, no al músico en sí, sino a la vibración de la voz de este en sus últimos discos, aquellos que grabó cuando sabía que ya no le quedaba mucho tiempo de vida. Bien, parece que algo similar ha sucedido entre Paul Thomas Anderson (PTA) y Joaquin Phoenix a la hora de elaborar *Puro vicio* (Inherent Vice, 2014). No en vano, entre los materiales que PTA entregó a Phoenix para la construcción de su personaje (el detective privado Larry "Doc" Sportello), llama mucho la atención encontrar algunos de los primeros discos del cantautor Neil Young.

A priori, debido a la trama del libro de Thomas Pynchon en el que se basa el filme, podría parecer una idea un tanto peregrina la de introducir una figura como la de Young, pero no olvidemos que el compositor canadiense se ha ganado con su trabajo musical el título de "the father of everything". Así que, ¿por qué demonios no podría ser también el padre del *neo-noir* más salvaje y psicodélico del momento?

Rust Never Sleeps

Tener una casa junto al mar, dormirse cada noche mecido por el sonido de las olas… ¿quién no ha soñado con esto alguna vez? Sin embargo, hay algo en la vida junto al mar que no se suele tener en cuenta mientras se fantasea

After The Golden Fang

When Michel Subor asked Claire Denis for advice in order to prepare his role of Louis Trebor in *L'intrus* (2004), she recommended that he listen to Johnny Cash. She told the actor that he should look like, not the musician, but rather like the vibration of his voice on those final albums, recorded when he knew that he wasn't long for this world. Well, it seems that something similar has occured between Paul Thomas Anderson (PTA) and Joaquin Phoenix when preparing for *Inherent Vice* (Dec., 2014). Among material PTA delivered to Phoenix for the construction of his character (private detective Larry "Doc" Sportello), to dig up singer-songwriter Neil Young's first albums and devote some serious attention to them.

Considering the plot of Thomas Pynchon's book, on which the movie is based, it might at first seem peculiar to introduce a figure like Neil Young, but let's not forget that the Canadian composer's body of often noirish work has resulted in him being called "the father of everything." So, what demons might also be the father of the wildest and most psychedelic neo-noir to date?

Rust Never Sleeps

To have a House by the Sea, to fall asleep every night rocked by the sound of the waves… who hasn't dreamed of this? There is, however, something about life by the sea that isn't usually taken into account while the protagonist fantasizes about the girl of his dreams:

con ella: su efecto corrosivo. Incluso en la ficticia comunidad de Gordita Beach en la que vive "Doc" Sportello, podemos observar los deterioros de la sal y el relente marino sobre las casas, los coches y, por supuesto, las personas. El óxido nunca duerme y, por eso, la quietud en la que está sumido este personaje y los de su entorno les consume silenciosamente.

the sea's corrosive effect. Even in the fictional community of Gordita Beach where "Doc" Sportello lives, we see the salt and coastal dew relentlessly deteriorate houses, cars and, of course, the people. Rust never sleeps and, therefore, the stillness in which this character and his surroundings are mired consumes them silently.

Aquí es donde entra en escena la otra figura capital del filme, Shasta Fay Hepworth (Katherine Waterston), la exnovia del protagonista que, como un fantasma recién llegado del pasado, se materializa para proponerle a Doc un trabajo de investigación bastante interesante (una mujer y su amante pretenden internar al marido de esta en un psiquiátrico para quedarse con su fortuna).

Una vez expuesta la que será la trama principal de *Puro vicio*, la joven se despide del detective en la calle mientras suena el tema *Vitamin C* del grupo Can... y no por casualidad. Para Doc, Shasta no es otra cosa que esa vitamina C de la que habla la canción del grupo alemán, aquella que se encargará de ejercer como su particular antioxidante. Y es que, en contra de lo que pudiera parecer, será ella la que vendrá a salvarle a él y no al revés. Desde su encuentro, le otorgará a Doc una ficción en la que habitar, algo que le obligará a moverse de nuevo y salir así de su letargo asesino [1] [2].

Here is where a key figure in the film comes in, Shasta Fay Hepworth (Katherine Waterston), the protagonist's ex-girlfriend who, as a ghost from the past, materializes to propose an interesting case (a woman and her lover want to commit her husband, Shasta's boyfriend, to a psychiatric hospital and steal his fortune).

This turns out to be *Inherent Vice*'s main plot; as the young woman says goodbye to Doc on the street in front of his house, Can's *Vitamin C* plays on the soundtrack...and not by chance. For Doc, Shasta *is* the vitamin C referred to in the German group's song, a particularly essential antioxidant. And contrary to appearances, it is she who will come to save him and not vice versa. Their meeting will give Doc a fiction, perhaps even an illusion, to inhabit and force him to escape his deadly lethargy [1] [2].

Transformer Man

Con el motor del filme ya puesto en marcha, PTA se dedicará a aquello que tanto le gusta, que es, como él suele decir, "cavar alrededor" de la trama principal.

Plata, diamantes, petróleo… Mecidos por una nube de humo de marihuana, iremos descubriendo todo tipo de valiosos materiales (cinematográficos) con cada nuevo avance en la investigación de Doc. Sin embargo, entre tanta indagación (que nos llevará desde un improvisado salón de masajes eróticos situado en medio de la nada hasta un edificio gigante en forma de colmillo de oro) se desarrollará otra búsqueda en paralelo que considero especialmente relevante y, por qué no decirlo, emotiva. Me refiero a aquella que lleva a cabo el protagonista para tratar de encontrarse a sí mismo y que se nos revelará mediante sus constantes cambios de vestuario y de corte de pelo.

El movimiento *hippie* quedó definido por muchos aspectos (pacifismo, amor libre, experimentación con las drogas…), pero el único que sobrevivió pasada la década de los sesenta, aunque fuera a cambio de perder todo su significado, fue el *look*. La forma de vestir y los peinados de este colectivo reflejaban también una forma de pensar, de sobrevivió pasa-

Transformer Man

With the film's engine started, PTA devotes himself to what he likes so much, which is, as the saying goes, "digging around" the main story line.

Silver, diamonds, oil. Rocked by clouds of marijuana smoke, we discover all kinds of valuable materials (filmic, photographic) with each new advance in Doc's investigations. However, between such inquiries (taking us from a makeshift erotic massage parlor located in the middle of nowhere to a giant office building shaped like a golden fang), another search develops in parallel which I consider particularly relevant and, why not say it, emotionally resonant. I refer to the search that the protagonist carries out to discover himself, and which unfolds before us through his constant changes of wardrobe and hairstyle.

The hippie movement was defined by many aspects (pacifism, free love, experimenting with drugs...), but the only one that survived past the Decade of the 1960s, even at the cost of losing all its meaning and context, was the *Look*. Manners of hippie dress and hairstyle also reflected a way of thinking, so that

da la década de los sesenta, aunque fuera a cambio de perder todo su significado, fue el *look*. La forma de vestir y los peinados de este colectivo reflejaban también una forma de pensar, de modo que ética y estética caminaron de la mano del movimiento hasta que la publicidad se cruzó en su camino. Como muy bien explica Thomas Frank en *La conquista de lo cool* (Ed. Alpha Decay, 2011), los publicistas de Madison Avenue encontraron en los *hippies* un filón por explotar y no dudaron en apoderarse de las formas de este colectivo contracultural para hablarle (y, sobre todo, venderle) a un nuevo consumidor; un consumidor que lo que más ansiaba era ser un individuo único, alguien distinto al resto de la aborregada sociedad americana: "Si quiere ser diferente no se compre un Dodge, ¡cómprese una furgoneta Volkswagen y váyase a la playa a practicar el amor libre!".

Desde entonces, la estética *hippie*, que había sido vista previamente como perniciosa para el estadounidense medio, fue mágicamente fagocitada por la industria publicitaria y abrió la puerta a una nueva forma de con-

the movement's ethics and aesthetics walked hand in hand until advertising crossed its path and co-opted it. As very well explained by Thomas Frank in *The Conquest of Cool* (University of Chicago Press, 1997), Madison Avenue advertisers found a goldmine in hippie culture and did not hesitate to seize the language of this countercultural group to talk to (and, above all, sell to) a new customer, a consumer who longed to be unique, someone other than the rest of sheep-like American society: "If you want to be different, don't buy a Dodge, buy yourself Volkswagen van and go to the beach to practice free love!"

After that, the hippie aesthetic that the average American had previously seen as pernicious was magically transmogrified by the advertising industry and opened the door to a new way of consumption. In short, to dress like a hippie in 1970 (the year *Inherent Vice* inhabits) did not require that one *be* hippie, and this provokes a serious mental short circuit in Doc. Beyond using

sumo. En definitiva, para vestir como un *hippie* en 1970 (año en que transcurre *Puro vicio*) ya no hacía falta ser *hippie* y esto provoca un serio cortocircuito mental en Doc. Más allá de utilizar el vestuario como camuflaje para poder infiltrarse en determinados ambientes (sucede un par de veces), nuestro protagonista se verá obligado a transformarse constantemente en busca de una estética que le defina y que, en cierta manera, le permita encontrar de nuevo su lugar en el mundo.

Hippie Dream/ Heart Of Gold
Sabemos ya qué pasó con la ropa y también con las casas en la playa de este colectivo, pero… ¿qué fue del *sueño hippie*? La película de PTA nos responde con la más poderosa de sus metáforas, por ser la más clara y directa de todas. Esta se produce cuando, tras cavar mucho a su alrededor, Doc se encuentra con el promotor inmobiliario Mickey Wolfmann (Eric Roberts), que, tal y como predijo Shasta, ha acabado internado en un sanatorio (para celebridades, eso sí).

clothing as camouflage to infiltrate (as happens a couple of times), our protagonist is forced into a constant search of an aesthetic to define him and, in a certain way, let him find his place in the world again.

Hippie Dream/Heart of Gold
We already know what happened with this group's clothing and houses on the beach, but…: What's the hippie dream? PTA's film answers with the most powerful of metaphors, the most clear and direct of all. This occurs when, after much digging around, Doc meets the real estate promoter Mickey Wolfmann (Eric Roberts), who, as Shasta predicted, ended in a sanatorium (for celebrities, of course).

La mujer de Mickey y su amante parece que finalmente se han salido con la suya y han desplumado al magnate, pero cuando el personaje de Phoenix habla con él, nos damos cuenta de que la cosa no es tan sencilla como podría parecerlo en un principio. A Wolfmann no lo han hecho pasar por loco para encerrarlo, lo que sucede es que, según la mentalidad de la clase social a la que pertenece, se ha vuelto realmente loco. "Casa gratis para todo el mundo", esta es el epifanía que el promotor inmobiliario tuvo un día jugando a ser *hippie* y es esto precisamente

Mickey's wife and her lover appear to have finally gotten theirs and cleaned out the magnate, but when Phoenix's character speaks with him, we realize that it is not as simple as all that. They haven't so much declared Wolfmann crazy to have him locked up: what happens is that, according to the mentality of the social class to which Wolfmann belongs, he has really become crazy. "Free homes for the whole world"— the epiphany the developer Wolfmann had while playing hippie for a day—is precisely what has

lo que le ha conducido hasta el psiquiátrico. En Estados Unidos solo hay lugar para un sueño; el de la casa con jardín y dos coches en el garaje… pero pagando. Incluso el FBI, consciente de los peligrosos deseos de este personaje, se ha encargado de garantizar su reclusión y alejarlo, sea como sea, del mundo exterior.

Tras mucho buscar, lo que Doc acaba encontrando no es otra cosa que un corazón de oro. Sin embargo, en seguida queda bien claro que en la tierra de la libertad, si este material no está apilado y en lingotes, no solo pierde su valor sino que además se lo considera un producto altamente tóxico.

I'm Glad I Found You
Al final de *Puro vicio*, cuando Shasta vuelve junto a Doc (después de haber desaparecido y haberlo embarcado en una aventura que casi le cuesta la vida) se produce, y esto ya es decir, una de las escenas más abstractas del filme. Sentados el uno junto al otro, abrazados dentro de lo que parece ser un coche (el plano es demasiado cerrado para apreciarlo), él le repite a ella una frase que Shasta le dijo minutos antes, justo después de haber follado con Doc en su sofá: "esto no significa que hayamos vuelto". Una frase en la que, irremediablemente, resuena esta otra: "Oh Jeanne, para llegar a ti, qué extraño camino tuve que tomar".

led to the psychiatric ward. In the United States there is space for only one dream: that of the house with garden and two cars in the garage… but paid for. Even the FBI, aware of Wolfmann's dangerous dreams, has been responsible for ensuring his seclusion and confinement away from the outside world, whatever that may be.

After much searching, Doc finds nothing but a heart of gold. However, it is immediately clear that in the land of the free, if this material is not piled in stacks of ingots, it not only loses its worth but is also regarded as a highly toxic product.

I'm Glad I Found You
At the end of *Inherent Vice*, when Shasta (after having disappeared and embarked on an adventure that nearly cost each of them their lives) returns to Doc, one of the film's more "abstract" scenes occurs. Sitting next each other, embracing inside what appears to be a car (the shot is too close to determine), he repeats a phrase that Shasta used minutes earlier, just after they'd fucked on his couch: "This does not mean that we're back together." This phrase inevitably echoes another: "Oh Jeanne, what a strange route I had to take to reach you."

However far from the crystalline purity with which Martin LaSalle expresses this sentiment in *Pickpocket* (Robert Bresson, 1959), there is a disenchantment in the manner in which Doc pronounces the words. It in fact seems as if that same phrase of Bresson had been put in the mouth of one of Paul Schrader's wrecked characters, Julian in *American Gigolo* (1980), or even Travis Bickle in *Taxi Driver* (Martin Scorsese, 1976).

Something isn't going well, and while at that moment they seem relatively happy, something in the scene tells us that things will not end well between these two old lovers. Specifically, it's a beam of light apparently reflected in the car's rearview mirror, slashing diagonally across the eyes of Joaquin Phoenix's Doc. It is inevitably brings to mind the closeup on Robert de Niro's face in *Taxi Driver* as he looks to Betsy (Cybill Shepherd) through his rearview mirror, just before turning abruptly to show smoky city streets. Everything is under control, everything is "Great" (as Doc constantly says) in this new era... But only for the time being.

Cowgirl in the Sand

In the same way that it's not necessary to know the composition of each and every tiny particle that makes up the universe to be able to inhabit it with greater or lesser ease, *Inherent Vice* is a film that doesn't require a complete understanding for your enjoyment. It's a film that invites you to stroll through its images, to listen in on the contemplative abstractions in their conversations and let yourself be carried away by the voices of the actors. Nonetheless, PTA introduces a particularly fascinating character who gravitates around Doc and provides expository voiceovers: Sortilège (French for enchantment) is her name and the songwriter and recording artist Joanna Newsom inhabits the role.

"Joanna Newsom's discursive flow is torrential, with little pause, and nonetheless

las arregla para ser absorbente y convertir su voz penetrante ora en narradora omnisciente, ora en uno de sus múltiples personajes, observadora y protagonista al mismo tiempo". Esto no lo digo yo, lo escribió el crítico musical Ruben Pujol en las páginas de la revista Rockdelux (nº especial 25 aniversario, noviembre de 2011) para hablar del tema *Only Skin* de la compositora californiana pero, si se me permite, robaré sus palabras y las pegaré aquí porque encajan a la perfección con el papel que interpreta la cantante en *Puro vicio*.

El que conozca el trabajo musical de Newsom sabrá de su voz mística y, por tanto, no le será difícil imaginarse a este personaje que entra y sale de la narración (que llegará incluso a interactuar con los protagonistas del filme) sin perder por ello jamás su condición etérea [3]. Este es, sin duda, uno de los grandes hallazgos del filme de PTA y quizá el punto de conexión más evidente (por encima del personaje fumeta de Phoenix) con *El gran Lebowski* (The Big Lebowski, 1998) de los hermanos Coen. Al fin y al cabo, Newsom podría considerarse como el reverso femenino de aquel *cowboy* interpretado por Sam Elliott, aunque al cambio de sexo en el narrador también cabría añadir un cambio en cuanto al concepto temporal. Mientras que los Coen realizaron un filme en presente y buscaron una voz y una figura que vinculara su trabajo con el pasado cinematográfico (el *western*), PTA da la vuelta al mecanismo y usa una voz del presente para traernos una historia del pasado. De esta forma, mediante el personaje de Newsom, *Puro vicio* no se inscribe en ningún momento concreto del pasado de la historia del cine (a pesar de sus múltiples referencias) sino en un terreno un tanto más abstracto e inasible: el del futuro.

manages to be absorbing and converts her penetrating voice into Omniscient Narrator, a multiple character in one, observer and actor at the same time." This was said by music critic Ruben Pujol (in the special 25th anniversary issue of the magazine *Rockdelux*, November 2011), speaking about the Californian songwriter, but permit me to steal Pujol's words, as they perfectly describe what Joanna Newsom does with the role.

Those who know Joanna Newsom's music will know its mystical voice and, therefore, will not find it difficult to imagine this character who enters and leaves the narrative (and even interacts with the protagonists) without ever losing her Ethereal quality [3]. This is, without a doubt, one of the big discoveries of the PTA film and perhaps a most obvious connection with Coen brothers' *The Big Lebowski* (1998). Newsom may be considered akin to the cowboy Stranger played by Sam Elliott, though to the change of the Narrator's sex we can also add a change in terms of temporal concept. While the Coen brothers set their film in the present and sought a voice and figure to link their work with the cinematic past (the Western), PTA uses a voice of the present to present a history of the past. In this way, through the character of Newsom, *Inherent Vice* doesn't fall within any specific time in the history of cinema (despite its multiple references) but in a somewhat more elusive terrain: the future.

¿Era esta la voluntad de PTA? Nunca lo sabremos a ciencia cierta, pero que la definición de sortilegio (Sortilège) sea "el arte de interpretar los sucesos futuros mediante las señales que actúan en el presente" da qué pensar.

Was this PTA's intent? We'll never know for certain, but the definition of enchantment, of magic spell (Sortilege), which is "the art of interpreting future events through signals that act in the present" gives a viewer something to think about.

---

(1) En cuanto a la vitamina C, es curioso ver cómo la estructura narrativa de la película se asemeja más a la estructura molecular de este compuesto que a la narrativa propia del cine (Doc Sportello sería el Oxígeno y Shasta el Hidrógeno).

1) As for vitamin C, it is curious to see how the narrative structure of the film resembles more the molecular compound than the proper narrative of the movies (Doc Sportello would be the Oxygen to Shasta's Hydroygen).

(2) Si consultamos en Wikipedia nos encontraremos también con otro dato curioso en relación al déficit de esta vitamina (escorbuto): al colectivo al que más afectaba esta carencia era al de los marineros, ya que en alta mar se reducía el consumo de fruta fresca y hortalizas. Podría establecerse aquí alguna relación entre este hecho y la figura de Freddie Quell (el marinero protagonista de The Master, el anterior filme de PTA, también interpretado por Phoenix). Y conste que digo podría porque, la verdad, es que yo no voy a hacerlo; a estas alturas mi cerebro ya no da para establecer más conexiones ni sobreinterpretaciones de ningún tipo.

(3) Gracias a esto, el personaje interpretado por Joanna Newsom se nos revela como un perfecto trasunto cinematográfico de la múltiple narrativa omnisciente de Pynchon; un espíritu con voz propia que parece atravesar a los personajes, observarlos desde dentro y luego abandonarlos para continuar con su camino errante.

— 26 mar 2015, Transit: cine y otros desvíos—

2) If we consult Wikipedia we also find another curious fact in relation to a deficiency of vitamin C (scurvy): sailors were the group most affected by this deficiency, since fresh fruit and vegetable consumption was greatly reduced on the high seas. We can also consider any relationship between Inherent Vice's Vitamin C trope and the figure of Freddie Quell (the sailor in The Master, PTA's previous film, also played by Phoenix). We could, but the truth is that I'm not going to; at this point my brain refuses to establish additional connections or interpretations of any kind.

3) Thanks to this, the character interpreted by Joanna Newsom is revealed as a perfect film transcript of Pynchon's multiple omniscient narrative: a spirit with its own voice who seems to pass through the characters, observe them from within, and then leave them to continue on their errant path.

— 26 mar 2015, Transit: cinema & other diversions —

Vancouver, Washington

catalyst of the furrowed brow

catalyst of the
furrowed brow
make it heartward
soon somehow
fearlessness its
own reward
anyhow
nothing real
other than
this
here
now

— Christopher Luna

catalizador de la ceja fruncida

catalizador de la
ceja fruncida
que se precipitan al corazón
pronto de alguna manera
intrepidez su
propia recompensa
de todos modos
nada cierto
aparte de
esto
aquí
ahora

— Christopher Luna
(traducción, T. Warburton y Bajo y rvb)

かめ面の触媒

しかめ面の
触媒
心向きを作って
間も無く、何となく
勇気は、勇気の褒美だ
とにかく、
これ以外は
何も存在じゃない
ここ
今

クリストファー・ルナ
(翻訳：チャニング・ドッドソン)

باعث الحاجب المجعد

يتجه نحو القلب

بعد حين بطريقة ما

الشجاعة

نصيبه

على أي حال

لاشيء حقيقي

من

هذا

هنا

الآن

Bosnia Herzogovina

Колла́ж /
Collage,
Семир
Авдић

Forveksling

De ville ikke fortælle mig hvad det var der var sket. Jeg måtte nøjes med de brudstykker som jeg havde opsnappet fra deres utydelige hvisken, og sammenstille dem med min egen tågede hukommelse: Engang da mor havde bøjet sig ind over barnevognen, var en tung hvid sten faldet fra hendes hjerte og havde dræbt min tvilling. Men på grund af en forveksling troede de at det var mig der var død, derfor fik jeg tvillingens navn i stedet for mit eget som jeg har glemt og som ingen vil oplyse mig om, de nægter og ryster på hovedet hvis jeg spørger til tvillingen. Så det er jeg holdt op med. Det hører til den slags man ikke taler om.

— *Birgit Munch*

Changeling

They wouldn't tell me what it was that had happened. I had to make do with the fragments that I had caught from their mumbled whispering, and put them together with my own foggy memory: Once when mom had leaned over the baby carriage, a heavy white stone had fallen from her heart and had killed my twin. But because of a mix up they believed that I was the one who was dead, therefore I received my twin's name instead of my own which I have forgotten and which no one will tell me; they refuse and shake their heads if I ask about the twin. So I have stopped. It is one of those things that you don't talk about.

— *Birgit Munch* (tr. fr. the Danish, Mark Wekander)

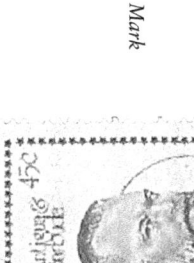

Vilnius, Leituva / Vilnius, Lithuania

Pakelti

Pusė kiemo draugų lankė kačialką,
todėl ir aš vieną dieną nusprendžiau žūtbūt
pasekti jų pavyzdžiu.

Toje kačialkoje buvo daug veidrodžių —
ir pirmasis sunkumas, kurį teko pakelti —
mano paties atspindys juose.

Kačialinaus mėnesį, bet vaizdas
nė kiek nesikeitė.

Kai jau atrodė, kad bergždžias šis reikalas,
kad kam taip save kankinti, jei nieko iš to
  nebus —
mirė senelis.

Jį pašarvojo centrinėje miesto šarvojimo salėje
  —
tiesiai virš mūsų kačialkos.

Užlipau laiptais aukštyn; nulipau
laiptais žemyn; pažvelgiau į save veidrody —
ir Arnoldas Schwarzeneggeris pažvelgė iš to
  veidrodžio
į mane —

ir nieko nebuvo, ko negalėčiau pakelti.

Ir nieko nebus.

— *Aivarass Veiknys*

Lifting

Half my friends from the yard were going to
  the gym,
so I decided one day, enough was enough:
I would go too.

The gym sported so many mirrors
that the first weight I had to bear
was my own reflection in the glass.

I did that neighborhood gym for a month,
but my image didn't change.

When it looked like all this was in vain —
why burden myself if there is no gain? —
my grandfather died.

The wake was in the central funeral home —
just above our gym.

I went up the stairs; I went
down the stairs; I saw myself in the mirror —
Arnold Schwarzenegger looked back
  at me —

and there was nothing I couldn't lift.

And there will be nothing.

— *Aivarass Veiknys*
(tr. fr. the Lithuanian, Rimas Uzgiris)

Levantando

La mitad de mis amigos del patio estaban llendo
  al gimnasio,
así que un día decidí, ya era suficiente:
iría también.

El gimnasio tenía tantos espejos
que el primer peso con el que tuve que tratar
fué mi propio reflejo en el cristal.

Fuí a ese gimnasio de barrio por un mes,
pero mi imagen no cambió.

Cuando parecía que todo esto era en vano —
¿por qué cargame si no hay nada que ganar? —
mi abuelo murió.

El velorio fue en la funeraria central —
justo arriba de nuestro gimnasio.

Subí las escaleras;
bajé las escaleras; me vi en el espejo —
Arnold Schwarzenegger me devolvió la mirada
  detrás mío —

y no h130abía nada que no pudiera levantar.

Y no habrá nada.

— *Aivarass Veiknys*
(traducción, T. Warburton y Bajo y rvb)

Bosnia Herzogovina

Колла́ж /
Collage,
   Семир
   Авдић

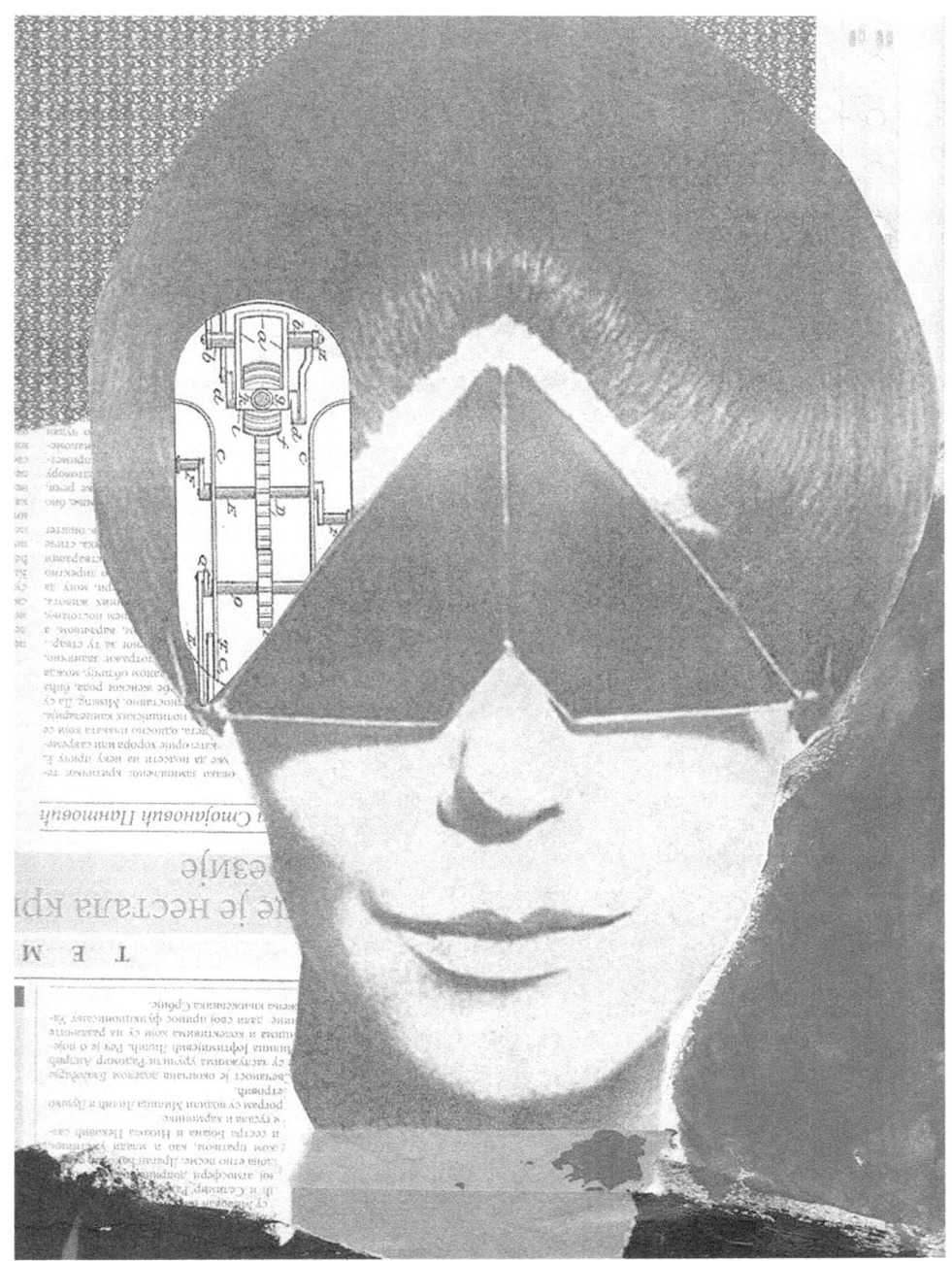

Little Beirut, Oregon

FIVE YEARS TOO LATE

Dear friend,
    I imagine you the cornerstone
holding a home you never wanted
    built—
the tiresome strain of construction
never finished, added empty room
by senseless cupboards, dusty
mantle with no photographs of
children you never wanted;
but the nursery was just painted
by the hands of a man you never held.
I never told your secret.
I am told that by the time they found
your truck, condensation clouded
the windows. But I imagined it
giving into the ground, weeds
taking the wheels, ivy claiming
the doors, red paint peeling pink
        (a color I now hate for you).
Dear friend,
    Five years too late,
I have visited the place
where oil stains the photo
albums your family cleaved (to).
Dripping from gun to your skin,
it pooled beneath your truck,
where blue flowers grow
iridescent pigment like nothing else.
I would use them to paint you—
boy-cut hair combed, no makeup,
softball glove hemming nails
bitten to the quick.
You were so nervous—
a babbling brook
always rushing past others
and drying up again
before they had a chance
to ask where you were going.

    — J. Adam Collins

CINCO AÑOS DEMASCIADO TARDE

Querida amiga,
Te imagino como la piedra angular
sosteniendo una casa que nunca quisiste
    construir —
la pesada tensión de construir
nunca terminada, un cuarto vacío agregado
por armarios absurdos, polvorientos
manto con ninguna fotografía
de niños que nunca quisiste;
pero el vivero fue recién pintado
por las manos de un hombre que nunca
    tomaste.
Yo nunca dije tu secreto.
Me dije que cuando encontraran
el camión, condensadas nebulosas
las ventanas. Pero lo imagine
dandose al suelo, malezas
tomando las ruedas, hiedras trepando
las puertas, pintura roja descascarada rosa
        (un color que ahora odio por ti)
Querida amiga,
    Cinco años demasiado tarde,
he visitado el lugar
dónde el aceite manchas la foto
álbumes que tu familia dividio (junto).
Goteando del arma a tu piel,
se agruparon bajo tu camión,
dónde flores azules crecen
el pigmento iridiscente como si nada.
Las usaría para pintarte —
chico-corte de cabello peinado, sin maquillaje,
guante de béisbol que dobla las uñas
mordidas a la rápida.
Estabas tan nervioso —
el murmillo de un arroyo
siempre corriendo más allá que los demás
y secandose nuevamente
antes de que tuvieran la oportunidad
de preguntar a dónde ibas.

    — J. Adam Collins
      (traducción, T. Warburton y Bajo y rvb)

TË NGRESH ZËRIN

Sot e humba punën
Vetëm sepse hapa gojen
Po të mos e dija gjuhën
nuk do të mund t'i thosa
përgjegjëawa që gaboi me mua
dhe djersëen harroi p\/r të m'a paguar.
Ajo më donte mua pa gojë,
por unë e mësvosa gjuhën e vëndit
dhe e ngrita zërin.

— *Julia Gjika*

RAISE YOUR VOICE

Today, I lost my job
because I opened my mouth.
If I don't speak the language
I wouldn't have told my boss
that she was mistaken
And had forgotten to pay me.
She preferred me when I was mute,
but I learned the native tongue
and raised my voice.

— *Julia Gjika*
(tr. fr. the Albanian, Ani Gjika)

LEVANTE SU VOZ

Hoy en día, perdí mi trabajo
porque abrí la boca.
Si no hablo el idioma
no habría dicho a mi jefe
que ella se engañó
y que se había olvidó de pagarme.
Me prefería cuando estaba muda,
pero aprendí la lengua natal
y levanté la voz.

— *Julia Gjika*
(traducción, T. Warburton y Bajo y rub)

FIMM ÁR OF SEINT

Kæri vinur,
    Ég ímynda mér að þér hornstein
halda heimili sem þú vildir aldrei built-
sem þreytandi stofn byggingu
aldrei lokið, bætti tómt herbergi
með vitlaus skápa, rykugum
möttli án ljósmynda af
börn þú aldrei vildu;
en leikskólinn var bara máluð
með höndum maður þú aldrei haldið.
Ég hef aldrei sagt leyndarmál þitt.
Mér er sagt að með þeim tíma sem þeir fundu
vörubíl, þétting háðar
gluggar. En ég ímyndað sér það
gefa í jörðu, illgresi
taka hjólin, Ivy krafa
hurðir, rauður mála flögnun bleikt
        (A lit I hata nú fyrir þig).
Kæri vinur,
    fimm árum of seint,
Ég hef heimsótt staðinn
þar sem olía bletti mynd
Myndaalbúm fjölskylda þín klofnar (til).
Drýpur úr byssu á húðina,
það sameinuðum undir bílnum þínum,
þar blár blóm vaxa
regnbogalitum litarefni eins og ekkert annað.
Ég myndi nota þá til að mála þig-
boy-skera hár greiddu, ekki gera,
Mjúkbolti hanska humm neglur
bitinn til fljótur.
Þú varst svo nervous-
a Babbling Brook
alltaf þjóta framhjá öðrum
og þurrka upp aftur
áður en þeir höfðu tækifæri
að spyrja þar sem þú varst að fara.

— *J. Adam Collins*
(þýtt úr ensku, Michael Lohr)

Bowling Green, Ohio

Stealing Bread From The Mouth of Decadence

Michael Lohr

In 9 A.D. when a massive contingent of Germanic Tribes wiped out 70,000 Romans in the Battle of Teutonburg Forest, the German tribes didn't steal the Roman soldiers' weapons or gold. They dug deep holes and threw all of it, the Roman gold, horses, swords, daggers, food, slaves, everything, into these deep holes and buried them.

It was said that one of the great Germanic Chieftains said: "Let the earth consume this aberration, this foul matter."

That is exactly how I feel about the consumerism state of the western world and its three-second soul.

McDonalds-of-Borg, Wal-Marr-of-Borg, Ikea-of-Borg, Jesus-of-Borg...

The assimilation is moving right on schedule. Q

Stela Brauð úr munni úrkynjun

Michael Lohr
(þýtt úr ensku af höfundi)

Í 9. AD þegar mikil liðsauki af germönskum Tribes burrka út 70,000 Rm í orrustunni við Teutonburg Forest, þýska ættkvíslir ekki stela Roman hermenn vopn eða gull. Þeir grófu djúpar holur og kastaði allt það, Roman gull, hestar, sverð, daggers, matur, þrælar, allt, í þessi djúpar holur og jörðuðu þá.

Það var sagt að einn af the mikill germönskum höfðingjar sagði: "láta jörðin neyta þessa aberration, þetta villa mál."

Það er einmitt hvernig mér liður um neysluhyggju ástand vestræna heimi og þriggja sekúndna sál hennar.

McDonalds-af-Borg, Wal-Mart-af-Borg, Ikea-af-Borg, Jesus-af-Borg...

Að aðlögun er að flytja rétt á áætlun. Q

Varastaminen Leipä suusta Decadence

Michael Lohr
(Käännetty Englanti tekijän)

Vuonna 9 jKr valtava ehdolliset germaanisen Tribes pyyhki pois 70000 roomalaiset taistelussa Teutonburg Forest, Saksan heimot ei varastanut roomalaisten sotilaiden aseita tai kultaa. He kaivoivat syviä reikiä ja heitti kaikki se, Roman kultaa, hevosia, miekat, tikarit, ruoka, orjia, kaikki, näitä syviä reikiä ja hautasi ne.

Sanottiin, että yksi suurista germaaninen Chieftains sanoi "anna maa kuluttaa tämä poikkeavuus, tämä virhe asia."

Tämä on täsmälleen, miten ajattelen kulutuskulttuuria tilasta länsimaissa ja sen kolmen sekunnin sielu.

McDonalds-de-Borg, Wal-Mart-de-Borg, Ikea-de-Borg, Jeesus-de-Borg....

Rinnastaminen liikkuu juuri aikataulussa. Q

Robando el pan de la boca de la decadencia

Michael Lohr
(tradución, T. Warburton y Bajo y rvb)

En el año 9 D.C. cuando un enorme contingente de tribus germánicas aniquilaron 70.000 romanos en la batalla del bosque de Teutonburg, las tribus alemanas no robaron el oro o las armas de los soldados romanos. Cavaron hoyos profundos y arrojaron todo alli, el oro romano, caballos, espadas, dagas, comida, los esclavos, todo, dentro de estos hoyos profundos y los sepultaron.

Se dijo que uno de los grandes caciques germánicos dijo: "que la tierra consuma esta aberración, este asunto asqueroso".

Asi es exactamente cómo me siento sobre el estado de consumismo del mundo occidental y su tres segundas alma.

McDonald' de-Borg, Wal-Mart-de-Borg, Ikea-de-Borg, Jesús-de-Borg...

La asimilación se mueve justo a tiempo. Q

Little Beirut, Oregon

Fried Chicken

Sean Davis

1987. It's late night or early morning in the small Oregon town I grew up in. This place is equal parts single-wide converted churches and dive-bar taverns. On a daily basis fried chicken and jojos harden under deli heat-lamps next to day old BBQ burritos; they're still an official food group here. This town is book-ended by Les Schwab billboards announcing to anyone driving through that this town is actually the home of the high school's mascot, the Huskies.

Look up and see the full moon in a cloudless cold night sky and look down to see the nicest and only suburb this village of 7,000 and some-odd people can muster. Focus on one house in particular; the one with the garage door a gaping maw because the right side was smashed in and the door will not shut.

Splinters of wood still litter the walkway and dying bushes outside the front window.

The front door of this little house was left open just a few inches letting the cold winter air in or the heat out.

Dad left it open after swaying and fumbling at the lock for a few minutes.

The bars had closed twenty minutes ago. It took that long for Dad to get home. He's been extra careful with his drunk driving in the last couple weeks or so even though this town isn't big enough to have law enforcement other than county patrols. He throws the keys on a fake crystal ashtray the size of a hubcap. He turns into the hall, and kicks the first bedroom door open and slaps the light switch on.

Pollos Fritos

Sean Davis
(traducción, T. Warburton y Bajo y rvb)

1987. Es tarde en la noche o temprano en la mañana en el pequeño pueblo de Oregon dónde crecí. Este lugar está formado por partes iguales de tabernas malas y iglesias convertidas. Cadas día pollo frito y papas fritas se endurecen bajo las lámparas de calor junto a burritos de barbacoa del día anterior; estos aún son un grupo de alimentos oficial aquí. En cada extremo de este pueblo hay gigantescas vallas de Les Schwab con carteles anunciando a todo aquel pase condusciendo que este pueblo es realmente la residencia de la mascota de la escuela secundaria, los Huskies.

Mira hacia arriba y mira la luna llena en una noche de cielo despejado y frío, y mira hacia abajo para ver el más bonito y único suburbio que este pueblo de aproximadamente 7.000 personas puede tener. Céntrate en una casa en particular; la del garaje con una grieta en la puerta al lad derecho, se rompió y la puerta del garaje no cierra.

Astillas de madera ensucian el paso todavía y hay unos arbustos moribundos fuera de la ventana delantera.

La puerta principal de esta casita se dejó abierta sólo unos pocos centímetros dejando que entrara el aire frío del invierno o que se escapara el calor.

Papá la dejó abierta después de tambalear y manotear la cerradura unos minutos.

Las tabernas habían cerrado hace veinte minutos. A papa le tomó ese tiempo llegar a casa. Durante las últimos dos semanas fue más cuidadoso conduciendo en estado de embriaguez, aunque este pueblo no es lo suficientemente grande como para tener una fuerte aplicación de la ley, con excepción de las patrullas del condado. Tira las llaves en un cenicero de cristal falso tan grande como un tapón. Papá va hacia el pasillo, y

The doorknob dents the drywall of the room.

I'm out of bed and on my feet before my eyes adjusted to the light, my heart pounding.

Dad says, "Dogs eat grass when their stomachs are sick."

Besides his swaying, nothing in the whole house moves except my eyes. My focus darts from his hands to his heels and then to his face. His thick brown hair is messed up with small twigs stuck in it. Both of the knees of his jeans are soaked through and he smells like vomit. Long blades of wet grass stick to his chin and to his striped logging shirt. He grabs the doorframe to keep his balance and he asks me, "What the fuck is wrong with you?"

He slants one way and then the other like he's full of sand. I'm listening now to see if my little brothers are awake. If they were up, Keith would coax Vince into walking out to see what's going on.

We live in a house on the Avenues of this little town, Fifth Avenue, and that's pretty good for us. It's the first house we've lived in that I could remember. The Spotted Owl ban was lifted and Dad's working again, which means a paycheck, which means a real house in the Avenues, a real house that's close to a town filled with bars and churches and Dad only goes to one religiously.

"I said, what the fuck's wrong with you?"

"Nothing. How are you doing, Dad?"

I'm tall now. I grew three inches over summer and the only reason I'm just a bit shorter than he is right now is because my legs are spread in a boxer's stance for a solid base. I can see him making decisions behind those half-lidded eyes. I move my right hand down behind my tightie-whities and ball my fist.

Dad looks down at the carpet of my

patéa la primer puerta abierta y violentamente enciende la luce.

El picaporte pefora un agujero en la pared.

Estoy fuera de la cama y parado en mis pies antes de que mis ojos pueden adaptarse a la luz, mi corazón palpita.

Papá dice "Los perros comen cesped cuando sus estómagos se sienten enfermos".

Además d el tambaleandosé, nada en toda la casa se mueve excepto mis ojos. Mi enfoque salta de sus manos a sus pies y luego a su cara. Su pelo grueso y marrón es un desastre, con ramitas pegadas por todas partes. Ambas rodillas en sus pantalones están empapados y huele a vómito. Hojas largas de cesped húmedo se adhieren a su barbilla y a su camisa abierta. Papá agarra la puerta para mantenerse en pié y me pregunta: "¿Qué carajo está mal con usted?"

Papá se tabalea a un lado y, a continuación, el otro, como si estuviera lleno de arena. Ahora escucho para ver si mis hermanitos están despiertos. Si estarían despiertos Keith convencería a Vince en salir para ver qué es lo que estába pasando.

Vivimos en una casa en las avenidas de este pueblito, la Quinta Avenida, y eso esta bién para nosotros. Es la primera casa en la que hemos vivido desde que me acuerdo. El gobierno levantó la prohibición de molestar los nidos de los búhos manchados, y papá está trabajando de nuevo, lo que significa un sueldo, lo que significa una casa real en las avenidas, una casa real cerca de una ciudad llena de bares e iglesias, y papá sólo va a uno religiosamente.

"Le dije, ¿Qué carajo coño está mal con usted?"

"Nada. ¿Cómo le va, papá?

Ahora yo soy alto. Crecí tres pulgadas más durante el verano, y la única razón por la que soy sólo un poco más petizo que papá es porque puse mis piernas en la posición de boxeador, para una base sólida. Detrás de esos ojos medio cerrados, puedo ver a papá tomando decisiones. Muevo mi mano derecha hacia abajo detrás de mis calzones y cierro mi puño.

room. The first room I ever had to myself and he just stares at if for a while like the answers to all his questions are in this ugly blue shag. A full minute goes by before he burps and says, "Any of that chicken left?"

I'm still coiled and my jaws clenched and I say, "Yeah."

"Good. I'm hungry."

He turns and walks out without turning the light off or closing the door. "Come eat some chicken."

"I have school in the morning, Dad."

I hear him in the living room. "Get your ass out here."

He opens the fridge and pulls out a plate covered with tinfoil that had been bent over more than a few times. This is not from any of the many mom and pop delis around town. Dad fried this chicken from scratch three days ago, and I have to tell you that Dad makes amazing fried chicken…at very odd times. On a Monday, after ten hours of bucking limbs off felled trees, he cleaned three full birds, chopped them up, breaded them, and fried them, even the gizzards. He did this while I helped my little brothers do their homework. The grease popped and hissed, mixing with the smell of the forest and diesel from Dad's work clothes. That night felt almost normal like before his wife left a few weeks back. I didn't think too much about her leaving; she'd left a number of times before and it always seemed to happen either after he lost a job or right before he started a new one. I just figured adults were terrible at handling change.

My brothers and I had free school lunches, but we'd been eating dinner off the same three birds for the past couple days. Even so, there were still a few good pieces left.

He throws a breast and a thigh on a chipped blue plate and two thighs on a plastic yellow one and puts them down on the wooden dining room table; stained and

Papá mira hacia abajo en la alfombra de mi cuarto. La primera habitación que tuve para mi mismo, y papá mira durante un rato como si las respuestas a todas sus preguntas estuvieron en la horrible alfombra azul y peluda. Un minuto entero pasa antes que papá eructe y diga: "Sobro algo de eso pollo?"

Aún estoy tenso y en espiralado apretando mis mandíbulas, y digo, "Sí".

"Bién. Tengo hambre".

Papá da vuelta y se va sin apagar la luz o cerrar la puerta. "Ven a comer pollo".

"Tengo escuela por la mañana, papá".

Lo escuché en la sala de estar: "¡Trae tu culo aquí mismo!"

Papá abre la nevera y saca un plato cubierto con papel de aluminio que había sido doblado unas cuantas veces. Esto no es de cualquiera de las muchas tiendas alrededor de la ciudad. Papa había freído este pollo hace tres días, y tengo que decir que papá hace increíble pollo frito… Y en tiempos muy extraños. El lunes, después de diez horas de untar ramas que cayeron de los árboles, papá limpió tres pájaros enteros, los trozó, los empanizó y los frió incluyendo los menudos. Lo hizo mientras que yo ayudaba a mis hermanitos con sus estudios. La grasa saltaba y silbaba, y se mezclaba con el olor del bosque y diesel de la ropa de trabajo de papá. Esa noche se sintió casi normal, como antes de que su esposa nos dejó hace unas semanas atrás. No pensé mucho sobre su partida, ya se había ido un par de veces antes, y pareció suceder sea después que él perdió un trabajo o justo antes de que empezara una nuevo. Sólo pensé que los adultos eran terribles asimilando los cambios.

Mis hermanos y yo teníamos almuerzos gratuitos en la escuela, pero habíamos estado cenando los mismos tres pájaros en los últimos días. Aún así, todavía había unas cuantas buenas piezas.

Papá lanza una pechuga y un muslo en un plato azul astillado, y luego dos muslos a uno

scratched, small, with rounded corners, but still barely fitting in the kitchen.

He falls into a chair and slides the yellow plate across the table for me. When cold, the thick breading is spongy and the fat congealed directly under the skin kills any flavor. It's like your teeth breaking through a thin layer of ice.

Dad bites through skin and meat and says, "Joan took a couple thousand dollars and moved to California. That's the last time we'll see her, I think."

He's eating so I'm eating too. Without looking up I say, "But you just got your first paycheck."

"She'd been saving up." He's looking down at his plate and picking small bones from his mouth. I know it's the middle of the night, and he's drunk but I feel like somehow I'm suddenly a part of something special, intimate. I feel like I snuck a seat at the adult table. I want very much to respond but I don't want to screw it up by saying something stupid or childish.

"At least we have the house," I say.

He goes for another bite but stops and drops the breast on his plate. He leans back and the chair squeaks. The house is silent except his loud breathing through his crooked and scarred nose. He doesn't say anything. He just stares at me, and I don't know what he's seeing or what he thinks he sees.

I straighten my posture, but can't meet his eyes. Seconds go by before I say, "I'm just saying that you got us a nice house, Dad." I pick my chicken up to take another bite but don't. It just hovers there for a while then falls back to my plate.

Without moving Dad says, "We lost the house. The fucking lady called Dispatch today. I called her back. One of these asshole neighbors told her about the smashed up garage. They're evicting us."

The garage. That was the week his wife

de plástico amarillo, y les pone sobre la mesa del comedor de madera; manchada y rayada, pequeña, con esquinas redondeadas, apenas entraba en la cocina.

Papá cae en una silla y desliza el plato amarillo sobre la mesa para mí. Si está frío, el pan rallado grueso es esponjoso y la grasa congelada directamente debajo de la piel mata cualquier sabor. Es como si los dientes están rompiendo a través de una fina capa de hielo.

Papá muerde a través de la piel y la carne, y dice: "Joan tomó dos mil dólares y se fue a California. Creo que es la última vez que la veremos."

Papá come y yo cómo también. Sin levantar la mirada digo, "pero recién has recibido tu primer cheque".

"Ella había estado ahorrando". Él mira su plato y recoge algunos huesos pequeños de su boca. Sé que es la mitad de la noche y que mi papá está borracho pero siento que yo soy de repente parte de algo especial, íntimo. Siento que me he colado un asiento en la mesa de los adultos. Tengo muchas ganas de responder pero no quiero meter la pata diciendo algo infantil o estúpido.

"Por lo menos tenemos la casa", digo.

Va por otra mordedura, pero se detiene, y deja caer la pechuga en su plato. Se reclina hacia atrás, y la silla cruje. La casa está silenciosa excepto por su respiración fuerte a través de su nariz torcida con cicatrices. El no dice nada. Sólo me contempla, y no sé lo que está viendo, o lo que él piensa que él ve.

Enderezo mi postura, pero no puedo encontrar sus ojos. Pasan unos segundos antes de que yo diga, "sólo digo que usted consiguió una casa linda y agradable, papá". Recojo mi pollo para tomar otro bocado pero no lo hago. La carne sólo se cierne allí un rato, y luego cae de nuevo a mi plato.

Sin moverse papá el padre dice, "Perdimos la casa. La putade de mierda llamo para despacharnos hoy. Le devolví el llamado. Uno de estos vecinos de mierda le dijo sobre la rotura del garaje. Por tanto nos desalojan".

El garaje. Eso fue la semana que su esposa lo dejó. Me llevó a un juego de póker, me dijo que tenía catorce años ahora y era lo suficientemente

left. He took me to a poker game, said I was fourteen now and man enough to do manly things. My little brothers didn't get to go. It was the first time I felt how broad my chest had gotten, how wide my shoulders were. I felt those new three inches in height. I was man enough to do manly things.

I found out quick that those manly things just meant watching Jeopardy and the A Team in the living room of Dad's logging buddy's double-wide while they drank cheap whiskey and played cards all night. I was asleep on the couch when it was time to go. He slapped me on the top of the head and when I jumped he laughed so hard he almost fell over.

After the laughter died he told me to drive home, and it was the first time I'd ever been behind the wheel. We had a 1973 baby-shit green Plymouth Station Wagon. I remember the year because it was the same year I was born. It was a tank of a car, an automatic with power steering, and the brakes were touchy.

He told me to give it some gas when I turned the key, and I did. It revved so much I thought the eight-cylinder engine was going to pop out of the hood just like my heart wanted to pop out of my chest.

"What the fuck are you doing?" he asked.

I didn't have an answer.

"Just step on the brake and shift it into drive, fucking idiot."

It started rolling soon as I let off the pedal and I just let it coast like that afraid to step on the gas at all anymore. The sound of the tires over the gravel was the only sound until Dad started snoring. He'd passed out, and I was afraid to wake him to ask him how to get home. I had a pretty good idea, but I'd never driven before. The area, at least in my mind, consisted of a bunch of small different places far apart and not one big place connected by roads. I turned onto the State Highway 228 knowing it would take me to

hombre como hacer cosas de hombre. Mis hermanos pequeños no pudieron ir. Era la primera vez que sentí ancho mi pecho se había puesto, qué amplio mis hombros eran. Sentí esas nuevas tres pulgadas de altura. Ya era bastante hombre como para hacer cosas de hombre.

Me di cuenta rápido de que esas cosas de hombre eran sólo ver *El equipo de la A* en la sala del compañero de trabajo de papá mientras bebían whisky barato y jugaban a las cartas toda la noche. Yo ya dormía en el sofá cuando era hora de irnos. Mi papá me pego en la cabeza, y cuando salté se rió tan fuerte que casi se cae.

Después de que la risa se había extinguido, mi papá me dijo a coducza a casa, y esa fue la primera vez que estuve detrás del volante. Teníamos un Plymouth, modelo 1973, color verde, como mierda de bebé. Recuerdo el año porque fue el mismo año que yo nací. Era un tanque de coche, automático, y los frenos eran delicados.

Papá me dijo que bombeara el acelerador cuando lo arranqué, y lo hice. El coche aceleró tanto que pensé que los ocho cilindros del motor iban a saltar fuera del capó, al igual que mi corazón quería salirse de mi pecho.

"¿Qué carajo crees que estás haciendo?" preguntó papá.

No tenía una respuesta.

"Sólo aprieta el freno y cambia la función de manejo, idiota de mierda".

El coche empezó a rodar tan pronto como saqué el pie del pedal y sólo dejé que el coche marchara, con miedo de pisar el acelerador. El sonido de los neumáticos sobre la grava fueron el único sonido hasta que papá comenzara a roncar. Se había desmayado, y me dio miedo despertarlo y preguntarle cómo volver a casa. Tenía una idea bastante buena de como harcerlo, pero nunca había ido en coche. La zona, por lo menos en mi mente, consistió en un montón de pequeños lugares diferentes que estaban separados, y ningún lugar grande conectado por carretera. Di vuelta en la Autopista estatal 228, sabiendo que me llevaría a la ciudad. Sabía

town. I knew that, but I didn't know other things like how to turn on the headlights.

So there I was, a dumb kid who'd never driven before driving down State Highway 228 in the complete dark going maybe seven or eight miles an hour with Dad drooling into his overalls. I navigated the four and a half thousand pound vehicle by the slight illumination the crescent moon made off the white stripe on the right side of the road. I did this without incident the entire thirty minutes it took me to get to the Avenues.

So far it'd been a straight shot. Anytime I had to turn I over-corrected, but it was okay because I was in the middle of nowhere. Hitting the Avenues meant turning at street corners and stopping at stop signs, but somehow I managed it. Trial by fire and I felt pretty damned proud of myself. I found a route to our little three-bedroom home. All I had to do was drive right into the open garage so I turned that big city-bus-sized steering wheel into the driveway.

I overcorrected to the right. The wall was coming quick so I kicked my foot down on the brake but hit the gas instead.

It was like driving a baby-shit green dump truck into a dry-wall and pine studded house going twenty miles an hour. In fact, it was exactly like that. That wall crumpled.

The car didn't seem to notice it drove through a house, but I hit my head pretty bad on the windshield. Not bad enough to draw blood but bad enough for a goose egg on my hairline. I looked over at Dad. It was a miracle. He must have hit the dashboard pretty hard but didn't wake up. There he was, lying on the bench seat sawing logs like there was nothing wrong in the world.

I was about ready to shake him, wake him up, and tell him the truth. But then I looked at his hands. His big hands were the type of hands that wrestled STIHL

eso, pero no sabía otras cosas, como la forma de encender los luces del coche.

Asique allí estaba, un chico idiota que nunca había conducido un coche antes, conduciendo por la Autopista estatal 228 en la completa oscuridad, tal vez siete u ocho millas por hora, consu padre babeandose. Navegué el coche de cuatro mil libras y medio por la poca iluminación que la media luna reflejaba en las bandas blancas en el lado derecho del camino. Lo hice sin incidentes durante treinta minutos enteros que me tomó para conseguir a las Avenidas.

Hasta ahora el viaje había sido un tiro directo. Siempre que doblé tuve que regresar pero estaba bien ya que estaba en el medio de la nada. Llegar a las avenidas significaba girar en las esquinas y parar en las señales de *stop*, pero de alguna manera lo manejé. Juicio por el fuego, y me sentí bastante orgulloso de mí mismo. Encontré una ruta hacia nuestra pequeña casa de tres dormitorios. Todo lo que tenía que hacer era conducir el coche en el garaje abierto, asique conducí ese volante del tamaño de un enorme autobús urbano hacia la entrada.

Corregí a la derecha. La pared vino tan rápidamente, así que pateé con mi pie el freno, pero golpeé el acelerador en su lugar.

Parecía como si estuvira conduciendo un camión basurero de mierda de bebé verde en un pared y un pino a veinte millas por hora. De hecho, fue exactamente lo que estaba haciendo. El muro se "arrugo" como si se tratara de papel.

El coche no parecía darse cuenta de había conducido a través de una casa, pero yo me golpeé la cabeza muy mal en el parabrisas. No lo suficiente como para que sangrara, pero bastante mal como para que un huevo de ganso a hinchase en mi frente. Miré a papá. Fue un milagro. Papá debe haber golpeado el tablero bastante duro, pero no se despertó. Ahí estaba, tirado en el asiento, roncando, como si como todo estabviera bien con el mundo.

Estaba a punto de sacudir a papá, despertarlo y decirle la verdad. Pero entonces miré a sus manos. Sus manos tan grandes eran el tipo de

chainsaws with three-foot blades all day. When he made fists I knew they were like stones. His chest filled and emptied with his noisy breathing. Despite it all, he looked peaceful like he wouldn't hurt anyone ever, like he might understand my problem here.

I turned the car off real slow, reached over and put my hand on his shoulder, and then pulled him over to the driver's side as carefully as I could.

I put the keys in his right hand. I slipped out of the car and went into the house through the door between the garage and kitchen.

Sure, maybe I didn't learn how to be a man that night, but I did learn a valuable lesson: you need to play by the rules of the game you were born into.

Dad grabs his chicken again and says, "I don't even remember hitting the goddamn thing."

I shake my head in sympathy and take a bite of my chicken.

Dad leans forward and does the same. He doesn't finish chewing before saying, "Fuck it, at least I made it home, and the car's fine."

Dad sits across the table from me, with a job he'll probably lose in a month, a wife who'd left him for the fifth time, he was soon-to-be homeless with three sons, and he has wet grass sticking to his face and chest. And there he is…enjoying the fuck out of his chicken. There is a lesson here, but I don't think I'll decipher it for at least twenty years or more. And if I ever do figure it out I know for a fact, wherever I am, or whoever I turn out to be, I will honestly not be able to tell you if I hate this son of a bitch or love him, but I will know how to make great fried chicken. Q

manos que luchaban con motosierras con hojas de tres pies todo el día. Cuando cerraba los puños sabía que eran como piedras. El pecho lleno y vacío con su respiración ruidosa. Más allá de todo esto, papá parecía tranquilo, como si no le haría daño a nadie nunca, como si él podría entender mi problema aquí.

Apagué la ignición del coche lentamente, y puse mi mano sobre el hombro de papá, y luego moví a papá al lado del conductor tan bien como pude.

Puse las llaves en su mano derecha. Salí de el coche y entré en la casa a través de la puerta entre el garaje y cocina.

Seguramente no aprendí cómo ser un hombre esa noche, pero realmente aprendí una lección valiosa: tienes que seguir las reglas del juego en que naciste.

Papá agarró su pollo otra vez y dijo: "No recuerdo golpeando la maldita cosa."

Moví mi cabeza en simpatía y tomé un bocado de mi pollo.

Papá se inclina hacia adelante, hace lo mismo. Que no termina de masticar antes de decir: "Joder, al menos llegamos a casa, y el coche está bien".

Papá está sientando a la mesa frente a mí, con un trabajo que perderá probablemente en un mes, y una esposa que lo había dejado por quinta vez, y pronto va a ser desalojado y sin techo con tres hijos, y está lleno de cesped mojado por todas partes en su cara y pecho. Y ahí está… disfrutando al palo de su pollo. Hay aquí una lección, pero no creo que pueda descifrarla por lo menos en veinte años o más. Y si alguna vez lo logro dondequiera que esté, o logro quienquiera que yo resulte ser, no seré francamente capaz de decir si odio a este hijo de puta, o si lo amo, pero sé que sabré cómo ～ buen pollo frito. Q

20% Koncentracijos Stovykla

už lango auga
naktis
ji viena, o
dienų daug

tos, kurias skiria
tik metai,
įrašo
viena kitą
giminės medin
ir nė nenujaučia
koks grakštus
bus kritimas

kai sėdėsim terasoj
apaugusioj
mėnesių kekėm
ir gersim
terasą

kai kitą dieną
vienui vienas
eidamas per
seną sodą
išgirsi baisų riaumojimą

kai už vartų
matysi
skubantį greitosios
automobilį

pagalvosi, kad čia
žymiai daugiau
žmonių miršta
nei ten —

anapus tvoros
     — *Aušra Kaziliūnaitė*

Vilnius, Leituva / Vilnius, Lithuania

20% Concentration Camp

night grows
outside the window
one and the same
while days are many

and those, separated
by years,
write each other
into the family tree
and have no inkling
of how graceful
the fall will be

when we sit on a terrace
overgrown
with bouquets of moonlight
and drink the terrace down

when on another day
utterly alone
walking through an old garden
you will hear a horrible roar

or when beyond the gates
you see
a speeding emergency
vehicle

you will think
how many more people
die here
than there —

on the other side of the fence

   — Aušra Kaziliūnaitė
      (tr. fr. the Lithuanian, Rimas
      Uzgiris)

Campo de concentración de 20%

la noche crece
fuera de la ventana
una y otra vez
mientras los días son muchos

y ellos, separados
por años,
escriben los unos
a otros en el árbol genealógico
y no hay idea
de cuan agraciada
será la caída

cuando nos sentamos en una terraza
cubierta
con ramos de luz de la luna
y bebemos la terraza de un trago

cuando otro día
completamente solo
caminando por un viejo jardín
escucharás un rugido terrible

o cuando más allá de las puertas
ves un
apresurado vehículo
de emergencia

pensarás
cuántos más personas
mueren aquí
más que allá —

en el otro lado de la cerca

   — Aušra Kaziliūnaitė
      (traducción, T. Warburtyon y Bajo y rvb)

saulės rate bėgantis žiurkėnas ir yra saulė

kas rytą pateka saulė
kas rytą ir leidžiasi

vėl ir vėl
tas senas vertėjas ispanas
vis vyko tamsiam
koriduriuj

kalba apie Saramago
su kuriuo šnekėjosi tą pačią dieną
kai šiš gavo nobelį
ir Gabrielą Mistral
sako — ji rašė apie moteris very hot

kritikuoja mano valgymo įpročius
niekada nieko neklausia
išskyrus – o kodėl tu rūkai?
bet atsakymų jis nelaukia

sako
kad pažįsta visus
iš tikrųjų svarbius rašytojus
ir kai atvyksiu į Madridą
būtinai supažindins
— galbūt greitai tave žinos visas pasaulis,
tai nėra neįmanoma, cha cha

verčia latvių poetus
bet tikina, kad jie niekas palyginus su
  ispanais
visus rašytojus matuoja pagal tai, kiek jie
  versti į
kitas kalbas
be vertėjų jie būtų niekas

sako —
gerai būti vertėju
labai labai gerai būti vertėju

jo akys žiba, jis čepteli
ir svajingai nusišypsojęs priduria —
o rašytoju būti blogai, labai blogai
tau teks rasti būdą susidoroti su priešiais,
  cha cha

bet kaškada seniai jis
iš tiesų buvo bent kartą įsimylėjęs
ir jo galva buvo tyra ir skaidri
pagaminta iš plono stiklo
veik permatoma vaza
skirta pamerkti
gražiausioms pievų gėlių puokštėms

— Aušra Kaziliūnaitė

The Hamster Running in the Sun Wheel is Himself the Sun

every morning the sun rises
and every morning it sets

over and over again
an old Spanish translator
hangs out in the dark
corridor

talking about Saramago
with whom he says he spoke
the very day he received the Nobel prize and
Gabriela Mistral
he says — writes about women, very hot

he criticizes my eating habits
and never asks me anything
except — why do you smoke?
but he waits for no reply

he says
he knows all
the truly important writers
so when I come to Madrid
he'll definitely introduce me
— maybe soon the whole world will know
  you,
it's not impossible, ha ha

he translated Latvian poets
but claims they are nothing compared to the
  Spanish
his judgement of writers is determined by the
  number of
languages that translate them —
without translators they would be nothing

he says —
it's good to be a translator
it's very very good to be a translator

his eyes sparkle, he smacks his lips
and adds, with a dreamy smile —
but it's bad to be a writer, very bad,
you will have to find a way to handle your
  enemies, ha ha

but sometime
long ago
he was in love, truly,
and his head was once clear and pure,
made from thin glass
almost like a transparent vase
designed to hold water
for the most beautiful wildflower bouquets

— Aušra Kaziliūnaitė
  (tr. fr. the Lithuanian, Rimas Uzgiris)

El hámster que corre en la rueda del sol es el mismo sol

cada mañana se levanta el sol
y cada mañana se esconde

una y otra vez
un viejo traductor español
pasa el tiempo en el oscuro
pasillo

hablando de Saramago
con quien dice que habló
el mismo día que recibió el premio
Nobel
Gabriela Mistral,
él dice — escribe sobre mujeres, muy calientes

él critica mis hábitos de alimentación
y nunca me pregunta,
excepto — ¿por qué fumas?
pero él no espera ninguna respuesta

dice que
los conoce a todos
los escritores verdaderamente importantes
así que cuando venga a Madrid
sin duda me presentará —
tal vez pronto todo el mundo te conozca,
no es imposible, ja ja

tradujo a poetas lituanos
pero afirma que no son nada en comparación con
    los españoles
su juicio sobre los escritores está determinado por
    el número de
lenguas en los que son traducidos:
sin traductores sería nada

Él dice:
está bien ser traductor
está muy muy bien ser traductor

sus ojos brillan, golpea sus labios
y añade, con una sonrisa soñadora —
pero es malo ser escritor, muy malo,
tendrás que encontrar la manera de manejar tus
    enemigos, ja ja

pero en algún momento
hace mucho tiempo
él estaba enamorado, verdaderamente,
y su cabeza una vez estuvo clara y pura,
hecha de vidrio delgado,
casi como un florero transparente
diseñado para contener el agua
de los más hermosos ramos de flores silvestres

— Aušra Kaziliūnaitė
(traducción, T. Warburton y Bajo y rvb)

Helvetica / Switzerland

AN EUROPA

Du ziehst mit leeren Händen
    nach immer purpurenern Horizonten.
    Im Widerschein deiner Feuersbrünste
glüht dir die Stirne noch einmal.

Immer gieriger verschluckt dich die Dämmerung
    die deinem verfehlten Tage folgt.
    Das Gras, das hinter dir aufsteht
tilgt deine Spur.

Nutzlos ist, was Du tust. Deine Pläne
    ein Geschwätz,
    die Stufen zu verkürzen,
die hinab in dein Grab führen, plapperndes Gerippe.

Tor um Tor erschließt dir schweigend die Nacht.
Ungehört verhallt deine Klage.

Europa!

Wie hast du die Gnade verspielt, die dir schien,
Wie hast du deinen Mittag vertan!

Die Sonne erhebt sich nun einem anderen Geschlecht,
das nicht dein Kind ist,
tote Mutter.

— *Friedrich Dürrenmatt*

TO EUROPE

With empty hands
    you move towards ever-purpling horizons.
    Once more your forehead glows
with your fire's heat in reflection.

Ever greedier it swallows you,
    the Twilight that follows your failed day.
    The grass that rises behind you
blots out your trace.

Your doings are worthless. Your plans,
    all talk,
    to shorten the steps
that lead down into your grave, chattering skeleton.

The night silently closes gate after gate on you.
Your lament fades away, unheard.

Europe!

How you gambled away the mercy that shone for you,
How you wasted your noon!

Now the sun rises for another race,
not your child,
dead mother.

— *Friedrich Dürrenmatt*
   (tr. fr. the German, Daniele Pantano)

Karštis

Gelsvėk, dangau...
    Aš bėgu gaivališkoj jūrų saulėj.
Blizgėk, druska...
    Sutrūkusios nuo karščio lūpas peršti.
Šaukiu tave nuogom laukinėm rankom
    — ėgliais perrišti
įdegę riešai.
    Pasiduodu baltai smėlio sauvaliai.
Imk. Pasiduodu nykiai palaimingai
    tavo laisvei,
švari kaip kopos ir sausra,
    sušnarusi šaižiais
erškėčių, eglių, sausmedžių šešėliais,
    kol sužeis
į pačią širdį kirvis...
    Bet esu.
        Nes tu mane palaistei...

    — *Judita Vaičiūnaitė*

Heat

Burn yellow, sky...
    As I run in the elemental sun of the sea.
Sparkle, salt...
    My lips chafe from heat.
I call you with wild, naked arms
    wound by juniper thongs,
with wrists of bronze –
    I surrender to the white and wayward
    sand.
Take me. I surrender – to the bliss
    of your strange liberty,
clean as dunes and drought,
    rustling with the strident shadows
of dog rose, honeysuckle and spruce,
    until the axe
cuts to my heart...
    I am
        because you water me.

    — *Judita Vaičiūnaitė*
    (tr. fr. Lithuanian, Rimas Uzgiris)

Calor

Quemadura amarilla, cielo....
    Como corro bajo el sol elemental junto al mar.
Destellar, sal...
    Mis labios agrieten de calor.
Llamo a usted con los brazos desnudos,
    salvajes herida por tangas de enebro,
con las muñecas de bronce—
    yo me rindo a la arena blanca y caprichosa.
Llévame. Yo me rindo – a la felicidad
    de su extraña libertad,
limpia como la sequía y las dunas,
    susurrando con las sombras estridentes de
madreselva, perro rosa y píceas,
    hasta que el hacha
corte en mi corazón....
    Yo soy
        porque me riegas.

    — *Judita Vaičiūnaitė*
    (traducción, T. Warburton y Bajo y rob)

Russia / Россия

ТОНИ + ЛЮДА = ЛЮБОВЬ

Павел Лемберскй

Они познакомились в самый разгар холодной войны, а поженились уже после распада СССР.

Он подбирает ее в аэропорту им. Кеннеди и везет через недавно сданный в эксплуатацию Мидтаун-туннель, а она не успела поменять деньги и так из-за этого нервничает, что даже на величественные виды, проплывающие за окном кэба, не обращает никакого внимания. Тони смотрит на нее в зеркальце заднего вида и наглядеться не может: мешки под глазами, волосы растрепаны, но есть какая-то, черт бы ее подрал, изюминка, которую обезьянажизнь не успела выковырять из кекса и засунуть себе за волосатую щеку. Она ему про перемены в России (ему сначала послышалось «в Пруссии», но за обедом он понял свою ошибку), он ей про Knicks.

А надо сказать, что американцы в описываемый период относились к России с большим подозрением. Оно и понятно: страны наши тогда то и дело издавали угрожающие звуки и указы, а также периодически бряцали оружием: Макнамарра, Кубинский кризис, пляски в ООН. А он небрит, но в таксистском картузе и держится с достоинством: это Организация Объединенных Наций, на этом месте бойни когда-то были, эта река так и называется Ист-Ривер, она и судоходна, и рыболовна, но не Миссури, далеко не Миссури. Очень Тони напомнил ей бывшего мужа-гебэшника, с которым они расписались на втором курсе МГУ, но не сошлись характерами: он много пил и подслушивал. И вот,

TONY + LYUDA = LOVE

Pavel Lembersky

(tr. fr. the Russian, Alex Cigale)

They met during the very height of the cold war, and got married after the Soviet Union had collapsed.

He picks her up at Kennedy Airport and drives her through the recently re-opened Midtown Tunnel. She didn't have time to exchange her rubles for dollars and is nervous about it, so that she doesn't even notice the grand scapes flying past the cab's window. Tony is looking at her in the cab's rearview mirror and can't get enough of her: bags under her eyes, her hair disheveled, but there's a certain, god dammit, je ne sais quoi that this monkey-of-a-life has yet to pick out from the angel cake and stick inside its hairy jowls. She was telling him about the changes taking place in Russia (he first thought she had said "in Prussia," but over dinner he understood that he had misheard her); he told her all about the Knicks.

It should be said that, at the historical juncture being described, the attitudes of Americans toward Russia contained a great deal of mistrust. It's no great mystery why: our countries were, at that time, issuing the most threatening decrees and ultimatums, and periodically even rattling their sabers: McNamara, the Cuban Missile Crisis, the square dances at the UN. And he's unshaven, but with his taxi driver's cap on, carries himself with genuine dignity: and this here is the United Nations, this in the past was a neighborhood of slaughterhouses, this river is called precisely that, the East River, it is both navigable and a fishery, but it is by no means Missouri, no, not the Missouri. He reminded Lyuda very much of her ex-husband, an informant type, with whom she had gotten engaged during their sophomore year at MGU,

TONY + LYUDA = AMOR

Pavel Lembersky

(traducción, T. Warburton y Bajo y rvb)

Se encontraron durante el punto culminante de la guerra fría y se casaron después de que la Unión Soviética había caído.

La recoge en el aeropuerto Kennedy y la conduce a través del túnel Midtown recientemente vuelto a abrir. Ella no tenía tiempo para intercambiar sus rublos por dólares y está nerviosa, para que no da cuenta de los gran rascacielos de la ciudad que vuelan más allá de la ventana de la taxi. Tony la mira en el espejo retrovisor del taxi y no puede conseguir bastante de ella: bolsos bajo sus ojos, su cabello despeinado, pero hay un cierto, Dios carajo, *je ne sais quoi* que este circo-de-vida aún tiene que escoger de la torta de ángel y meter dentro de sus quijadas peludas. Le decía sobre los cambios que ocurren en Rusia (él primer pensamiento que había dicho "en Prusia", pero durante la cena comprendió que él había oído a ella mal); le dijo todos sobre los Knicks.

Cabe decir que, en la coyuntura histórica descrita, las actitudes de los norteamericanos hacia Rusia contuvieron una gran desconfianza. No es ningún gran misterio por qué: nuestros países publicaban, en ese momento, los más peligroso de decretos y ultimátums y periódicamente hasta agitaban sus espadas: McNamara, la Crisis del Misil cubana, los bailes de figuras en las Naciones Unidas. Sin afeitar, y él es, pero con su gorra de conductor de taxi, lleva en sí mismo con verdadera dignidad: y esto aquí es la organización de las Naciones Unidas, en el pasado era un barrio de mataderos, este río se llamó precisamente así, el East River, es tanto navegable como pesquería, pero no, de ninguna manera es Missouri, no el Missouri. El orador recuerda

Brenda Taulbee's poems give my spine reverb, like poetry is meant to, like only poetry that matters, can.

— *Lidia Yuknavitch*, author of *Chronology of Water*, *Dora: A Head Case*, and *The Small Backs of Children*

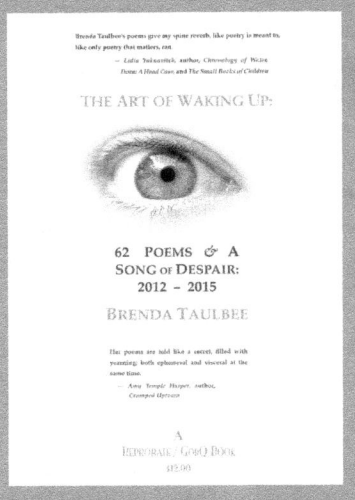

Brenda Taulbee is a poet with a straightforward, yet lyrical, voice. I want these poems on repeat like I would a beloved record.

— *Dena Rash Guzman*, author of *Life Cycles: Poems*

REPROBATE / GobQ BOOKS
ISBN 9781630681296
$12.

Order on-line @
http://www.gobshitequarterly.com
or from Amazon.com
also available at Portland area independent booksellers, incl.: Mother Foucault's Books, Powell's Books, & St. John's Books

---

влюбилась она в Тони, словно какая-нибудь семиклассница, честное слово, в женатого преподавателя труда Олега Григорьевича. Они, Тони и товарищ Лудимила Буторенков, договорились встретиться и отужинать. А у американцев, надо вам сказать, принято ложиться с женщинами на ковер и сосать ихние тити только после третьего ужина. Я знаю, что говорю, у меня все друзья-женщины американцы или канадцы. Попадались и мексиканки, но меньше, и они более импульсивны в своих порывах, так что до третьего ужина дело иногда не доходит. А у Людмилы и Тони не было, сами понимаете, времени для этого разбега, ей через два дня домой в Ленинград, так Санкт-Петербург при большевиках назывался. И язык у нее, сами понимаете, какой: скорее британский, чем американский. Ну, он ей про бокс, бейсбол и – за талию. Она взглянула в его глаза, разрешила поцеловать. Отправились в номер. Она стала раздеваться. Прямо при нем. Он отвернулся, а она: не отворачивайся, таксист! Смотри на меня, ослепительную и белокожую русскую женщину за границей! Я тебе совсем скоро очень многое позволю, вот увидишь. А Тони глазами хлопает, не понимает. Она теснить его стала: будешь? Он прильнул к ней плотно, задышал глубоко, как рыба. Тогда она с ним по-польски почему-то заговорила, а была она в строгой красивой обуви и очень маленькой шляпке с вуалью. И это его задело. Сильно задело. Он даже кожу на пальцах содрал, окно выходило на Мэдисон – вот как это все его всколыхнуло.

Прошло несколько десятилетий, как проходит ночь после индийского ресторана: с отрыжками, не надо было этот сладкий йогурт брать к курице (а скорей всего, просто голубя забили на карнизе и в кастрюлю сунули,

but they hadn't proved to be compatible: he drank and snooped around quite a bit. So here she is, having fallen for Tony, like some sort of seventh grader, God's own truth, for the married shop teacher, Oleg Grigorievich. They, Tony and comrade Lyudmila Butorenkov, had agreed to get together for supper. And among Americans, it should be noted, it is customary to get down on the carpet and suck the woman's titty only after the third supper. I know what I'm talking about; all my women-friends are either American or Canadian. There have been some Mexicans among them, but less often, and they are more impulsive in their urges, so that things sometimes don't even get to a third supper. And Lyudmila and Tony didn't have much time, I'm sure you understand, for such extended preliminaries in two days, she would have to return home to Leningrad; that's what Saint Petersburg was called under the Bolsheviks. And her manner of speech, I'm sure you understand, was more British than American. So he's telling her about boxing and baseball and puts his arm around her waist. She looks deep into his eyes, lets him kiss her. And they head off to her room. She starts to undress, right before him. He turns away, and she tells him: don't turn away taxi driver! Look at me, a blindingly beautiful fair-skinned Russian woman abroad! Very soon, I'll let you do quite a lot to me, you'll see. And Tony's batting his eyes and doesn't understand a thing. She started pressing him: so you're gonna do it? He melded with her, breathing deeply, like a fish. She started speaking to him in Polish then for some reason, and she was wearing some very handsome, understated shoes and a tiny hat with a veil. That's all. And so he was perturbed. Really hot and bothered. He even scraped the skin off his fingers, the window looked onto Madison Avenue — that's how much all this rattled him.

Several decades passed, like the night passes after a meal at an Indian restaurant: with complementary burping, you shouldn't have had all that sweet yogurt to go with the chicken (more than not likely, they just slaughtered the pigeon from the fire escape and stuffed it in the

a Lyuda muy mucho de su ex-marido, un tipo informador, su novio durante su segundo año en MGU, pero que no fueron compatibles: bebió y fisgoneó mucho. De veras ella está en este punto, habiéndose enamorado de Tony, como alguna clase de séptimo estudiante, la propia verdad de Dios, por el maestro casado, Oleg Grigorievich. Ellos, Tony y camarada Lyudmila Butorenkov, habían aceptado a cenar juntos. Y entre los norteamericanos, cabe señalar, es la costumbre de bajar en la alfombra y chupar tetas de la mujer sólo después de la tercera cena. Conozco de qué hablo; todas mis amigas son norteamericanos o canadienses. Habian algunos mexicanas entre ellas, pero con menos frecuencia, y son más impulsivos en sus deseos, para que las cosas a veces no se pongan hasta a una tercera cena. Y Ludmila y Tony no tenían mucho tiempo, estoy seguro que entienda, por tan extendidas preliminares, en dos días, tendría que regresar a casa a Leningrado. Eso es lo que se llamó San Petersburgo bajo los bolcheviques. Y su manera del discurso, seguro que usted entiende, era más británica que norteamericana. Por lo que le está hablando sobre boxeo y béisbol y pone su brazo alrededor de su cintura. Ella se ve profundamente en sus ojos, le permite besarla. Y marchan a su dormitorio. Ella empieza a desnudarse, directamente antes de él. Se aparta, y le dice: ¡no rechace al taxista! ¡Mírame, una mujer rusa de piel blanca deslumbrantemente hermosa en el extranjero! Muy pronto, voy a dejarle hacer bastante para mí, usted verá. Y bateo Tony los ojos y no entiende una cosa. Comenzó a presionarle: ¿por tanto va a hacerlo? Fusionado con ella, respirando profundamente, como un pescado. Ella empezó a hablar con él en polaco, por alguna razón, y llevaba unos zapatos discretos, muy guapos, y un sombrero diminuto con un velo. Esto es todo. Y así, por lo tanto, estuvo perturbado. Realmente caliente y molestado. Aun raspó la piel de sus dedos, la ventana miró en Madison Avenue — esto es cuánto todo esto le agitó.

Pasaron varias décadas, como los pases de noche después de una comida en un restaurante

разговор короткий). Тони успел жену бросить за это время. Все ждал, когда тов. Буторенков приедет, не забыл ее тепло. Приехала-таки, а что, обещанного не только три года ждут, но уже в звании подполковника, редкость для дамы, но не небывальщина, может, может им женщина быть, подполковником! Старые связи, сколько воды, общество с ограниченной ответственностью, зам. ген. директору жупан порвали, чтоб не летал так высоко над чужими куренями, мало ли.

Встреча. Сидят, он за это время русский подтянул только за то. Неловкая пауза.

И вдруг: началось со свиста, а кончилось взрывом. Да нет же, не террористы, просто какой-то прибор полетел в котельной. Очень перепугались оба.

Тони и Люда сейчас во Флориде второе кафе открывают, флажки на канатах трещат на ветру, любит он ее безумно, безмерно. На руках носит, неодетую, в спальню и назад, в спальню и назад, и часто, а ей за шестьдесят уже. Она к нему с Пастернаком, Ахматовой, более современными авторами… Но об этом после эспрессо, маэстро! [2005] *Q*

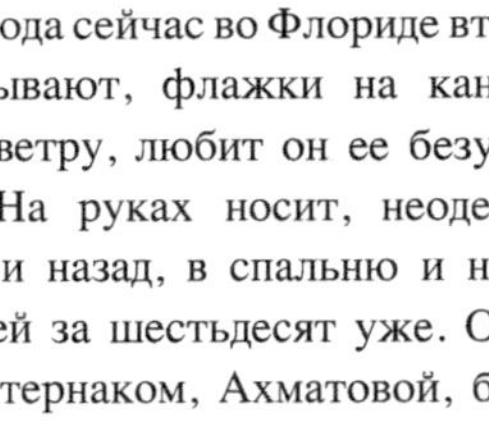

pot, end of story). Tony had long ago left his wife. Waited the entire time for comrade Butorenkov to arrive, hadn't forgot her appeal. And she did come after all, patience is a virtue, and then already with the rank of lieutenant colonel, a rare thing for a dame, but not unheard of, perhaps, perhaps a woman can be under a colonel! Old contacts, so much water under the bridge, commitments with limited liabilities the ass. gen. director, they tore him a new one for flying so high over other people's coops, you never know, they might be someone.

They meet up. They sit there; in the meantime, he'd learned some Russian, just because.... An awkward silence.

And suddenly, it all started off with a loud hiss and ended in a bang. No, not that, not terrorists, just some sort of equipment blew in the boiler room. They both got a real scare.

Tony and Lyuda are living in Florida now. It's the grand opening of their second café, the plastic pennants are flapping in the wind, he loves her madly and without measure. Carries her in his arms, naked, to the bedroom and back, to the bedroom and back, and often, and she's over sixty already. She reads Pasternak and Akhmatova to him, and more contemporary authors.... But more about that after the espresso, maestro! [2005] Q

indio: con eructos complementarios, no dubo tomar todo ese yogur dulce para acompañar el pollo (más que probable, sólo mataron a la paloma de la escalera de incendios y metía en la olla, fin de la cuenta). Hizo mucho tiempo que Tony dejala a su esposa. Esperó todo el tiempo que llegue de la camarada Butorenkov, no había olvidado a ella. ¡Y ella vino después de todo, la paciencia es una virtud, a continuación, ya con el grado de teniente coronel, una cosa rara para una dama, pero no desconocida, quizás, quizás una mujer puede estar bajo un coronel! Antiguos contactos, de modo de mucho agua bajo el puente, los compromisos con responsabilidades limitadas al director general adjunto, se le rompió una nueva por volar tan alto por encima de otras personas de las cooperativas, uno nunca sabe, puede ser alguien.

Se reúnen. Se sientan allí; entretanto, había aprendido algo de ruso, porque... Un silencio torpe.

Y de repente, todo empezó con un silbido fuerte y terminó en una explosión. No, no ese, no los terroristas, sólo algún tipo de equipo voló en la sala de calderas. Ambos dieron un verdadero susto.

Tony y Lyuda ahora viven en Florida. Es la gran inauguración de su segundo café, las banderas plásticas de la aleta en el viento, y Tony ama Lyuda locamente, sin medida, y profundamente. La lleva en sus brazos, los desnudos, al dormitorio y atrás, a la habitación y atrás, y ella tiene más de sesenta. Ella lee Pasternak y Ajmátova a él, y autores más contemporáneos. Pero más de eso después el espresso, maestro! [2005] Q

Bosnia Herzogovina

Коллáж /
Collage,
Семир
Авдић

Little Beirut, Oregon

Super Heros

Michael Sage Ricci

Super heroes.

It's kind of hard to talk about playing super heroes without sounding like a little kid or a chump, let alone playing super heroes with Eli. Not everyone can understand what being a super hero is all about.

Super heroes is pretty basic. Mainly, what super heroes amounts to is me and Eli pretending we were super-powered comic book heroes, like mutants from the X-Men or the Super Friends, extraordinary young men born with gifts and abilities that separate them from regular mortals. It was our main game since we were little kids, running around the neighborhood that we pretended was New York city, or Atlantis under the sea, or outer space. Sometimes we had a secret base of operations that almost always turned out to be Demon Rock, our secret fort back in the swamp. We had adventures, which means we pretended there were imaginary bad guys that we had to fight, and almost always I got captured. Which is to say AquaBoy got captured, and then needed to be rescued.

Yeah, I know. Kid's stuff. Chump bait. But it's important. You need to know the details. The setup. You need to know who AquaBoy was, before you can understand what it meant for him to die.

Before Eli became a sophomore in high school, Eli loved to play super heroes with me. Someone like Eli, so bright and together all the time, you'd think he would choose to be someone like Superman, because Superman is the strongest and can fly and does everything super. But Eli wasn't that kind of person. He said Superman was a Nazi who only makes things safe for

Superhéroes

Michael Sage Ricci
(traducción, T. Warburton y Bajo y rvb)

Superhéroes.

Es bastante difícil hablar de jugar a los super héroes sin sonar como un niño pequeño o un tonto, y mucho menos jugar a los super héroes con Eli. No todo el mundo puede entender de que se trata ser un súper héroe trata todo esto.

Jugar a los superhéroes es bastante simple. Principalmente, lo que implica jugar a los super heroes es Eli yo pretendiendo que somos héroes de historietas super poderosos, como los mutantes de los X-Men o los Super Amigos, ser extraordinarios niños nacidos con dotes y habilidades que nos separaban de meros mortales. Era nuestro juego principal desde que éramos pequeños niños, coriendo por el barrio que pretendiamos que era la ciudad de Nueva York, o la Atlántida bajo el mar o el espacio sideral. A veces teníamos nuestra base secreta de operaciones, que casi siempre resultaba ser la Roca sel Demonio, nuestra fortaleza secreta detras de la ciénaga. Hemos tenido aventuras, lo que significa que pretendíamos que había tipos malos imaginarios contra los cuales teniamos que luchar, y casi siempre yo era capturado. Es decir, AquaBoy fue capturado, y a continuación tenía que ser rescatado.

Sí, ya lo sé. Cosas de niños. Cebo de tonto. Pero es importante. Tu tienes que saber los detalles. El sistema. Tienes que saber quién fue AquaBoy, para que puedes comprender lo que morir significó para él.

Antes de que Eli pasara a segundo año de la secundaria, a Eli le encantaba jugar a super héroes conmigo. Alguien como Eli, tan brillante y centrado todo el tiempo, pesnaries que elegiria a alguien como Superman, Superman es el más fuerte y puede volar y hace todo lo súper. Pero Eli no era esa clase de persona. Dijo que Superman era un Nazi que sólo brinda seguridad para la gente de un color de piel determinado, o ganan

people who have the right skin color or make a certain amount of money. And even though Superman can fly so fast he can travel back in time, which is the coolest super power ever, no way would Eli ever be Superman.

Eli decided a long time ago not to copy any of the cartoons or comic books. Eli decided we needed to be original. Eli decided we were going to make up our very own super hero identities.

"We get to be our own Gods," Eli said.

Eli chose BuckSkin. That's the name he made up. BuckSkin. BuckSkin was this Indian guy, Cherokee, Eli said, or Apache, who can have any power that any animal has. "And BuckSkin aint gonna be no goddamn pussy like that Indian Apache Chief on the bogus Super Friends cartoon." Eli said. "Superman and Wonder Woman always have to save the day. Apache Pussy Chief always does whatever they say and he only gets to use his power once an episode for something pretty stupid, like growing big as an elephant so people can climb down him like a ladder to escape danger. I mean, saving people is okay, but how come he never gets to land the winning punch."

"Fucking Pussy." Eli spit into the mud.

Before Eli's favorite words were dude and bogus and pussy, Patrick's favorite things to say were how BuckSkin talked, how his powers worked. BuckSkin's words were Eli's spell.

"Eagle of the mountain, lend me your wings." Or "Monkey of the Jungle, lend me your climbing."

That's how BuckSkin's powers worked. All he had to do was ask nature for his powers.

Eli would crack me up with BuckSkin too, saying stuff like "Squirrel of the Swamp, lend me your nuts." Or "Ollie of the Loony Bin, lend me a hundred bucks."

Eli called my family the Loony Bin whenever I told him stories about what went on in our house, like how Granny was numb in her nerve endings and kinda crazy and how she lived in the basement and wasn't allowed upstairs, or how drunk Mother got

por encima de una cierta cantidad de dinero. Y aunque Superman puede volar tan rápido que lo hace capaz de viajar atraves del tiempo, en qual es el mejor súper poder de todos, de ninguna manera Eli sería Superman.

Eli decidió hace mucho tiempo no copiar ningun personaje de los libros de historietas o dibujos animados. Eli decidió que debíamos ser originales. Eli decidió que íbamos a crear nuestros proprios personajes de superhéroes.

"Vamos a ser nuestros propios dioses", declaró.

Eli eligió BuckSkin. Ese es el nombre que inventó. BuckSkin. BuckSkin era este indio, Cherokee, dijo Eli, o Apache, que puede tener cualquier energía que tiene cualquier animal. "Y BuckSkin no va a ser ningun maricon como ese cacique Apache de los dibujos animados de los Super Amigos." Dijo Eli. "Superman y Wonder Woman siempre tienen que salvar el día. El maricón del Jefe Apache siempre hace lo que ellos dicen y solo llega a usar su poder solo una vez por episodio para algo bastante estúpido, como volverse grande como un elefante para que la gente pueda bajar por el como una escalera para escapar del peligro. Digo, salvar gente está bien, pero como puede ser que nunca llegue a dar el golpe ganador."

"Pedazo de maricón". Eli escupió en el barro.

Antes las palabras favoritas de Eli eran *tipo* y *coño* y *maricón*, las cosas favoritas de Patricio para decir eran cómo hablaba BuckSkin, cómo funcionaban sus poderes. Las palabras de BuckSkin eran los hechizos de Eli.

"Águila de la montaña, préstame tus alas". O "El mono de la selva, préstame tu habilidad para trespar".

Así es cómo funcionaban los poderes de BuckSkin. Todo lo que tenía que hacer era pedir la naturaleza por sus poderes.

Eli me da mucha risa con BuckSkin, diciendo cosas como "ardilla de la Ciénaga, préstame tus nueces". O "Ollie de de la casa de los locos, prestarme cien dólares".

Eli llamaba a mi familia la Casa de Locos cada vez que le dije que las historias acerca de lo que ocurría en nuestro hogar, cómo que la abuela estaba adormecida en sus terminaciones

at Thanksgiving last year and tried to puke out the window but couldn't get the window open in time and wound up spraying all over the glass.

I'm not supposed to talk about my family like that. Mother always said our secrets had to stay our secrets or else they wouldn't be secret. Don't air your dirty laundry. When I told Eli that Mother said that, he just shrugged, like it was obvious, and said "See, Ollie, a bunch of loonies. If you don't air your dirty laundry, how else you gonna get it clean?"

The best part of playing super heroes was how Eli didn't try to make me feel like a chump for living in the Loony Bin or having such lame powers. I wanted to be like my favorite super hero of all, Aquaman. Sure I could have been Aqualad, but I wanted to be original. So I made up AquaBoy.

But let's face it, AquaBoy isn't exactly the strongest super hero on the block, or the smartest, or the bravest. Aquaboy can breathe underwater and talk to fish. And according to Eli, BuckSkin could have all of AquaBoy's powers just by asking for them, so that made him way stronger and more powerful than me.

But Eli liked that I knew who I was, and that I stayed with it no matter what anyone else said.

"You have to know who you are, Ollie my man. So what if you're a chump. I think it's cool you're working with what you got. I think it's cool you made up your own super hero."

And Eli flashed those perfect white teeth, the super hero smile, and he winked at me, and man, the way that smile and wink made me feel, like Eli's super pal. We could have been super heroes playing forever back in the swamp. And I would never have to go back to the Loony Bin again. *Q*

nerviosas y un poco loca, y cómo ella vivía en el sótano y no le estaba permitido ir arriba, o cómo mi madre emborracho en el Día de Acción de Gracias el año pasado, y cómo ella trató de vomitar por la ventana, pero no se pudo obtener la ventana, pero no pudo abrirla a tiempo, y terminó arrojando por todas partes sobre el vidrio de ventana.

Supuestamente no debo hablar de mi familia de esta forma. Mama siempre dijo que nuestros secretos debían ser nuestros secretos, ya que, de otro modo, no serían secretos. No airees sus trapos sucios. Cuando le dije a Eli que mi madre me dijo eso él sólo se encogió, como si fuera obvio, y dijo: "Mira, Ollie, un montón de locos. Si no aireas tu ropa sucia, ¿cómo vas a limpiarla?"

La mejor parte de jugar a super héroes era cómo Eli no intentaba hacerme sentir como un tonto para vivir en la casa de locos o tener tales poderes cojos. Yo quise ser como mi súper héroe favorito, AquaMan seguro que podría haber sido amigo de AquaMan, pero yo quería ser original. Así que me inventé AquaBoy.

Pero seamos realistas, AquaBoy no es exactamente el super héroe más fuerte en la cuadra, o el más inteligente o el más valiente. AquaBoy puede respirar bajo el agua y conversar con los peces. Y según Eli, BuckSkin podría tener todos los poderes de AquaBoy sólo pidiéndolos, de modo que esto lo hacia más fuerte y más poderoso que yo.

Pero a Eli le gustaba que yo supiera quién era, y que me quedé con eso sin importar lo que los otros dijeran.

"Tienes que saber quién eres, Ollie mi amigo. ¿Qué pasa si eres un tonto? Creo que es que vayas con lo que tienes. Creo que es estupendo que hayas inventado su propio súper héroe".

Y Eli mostró el brilló de aquellos dientes blancos perfectos, la sonrisa del súper héroe y me guiñó un ojo, y hombre, la forma en que esa sonrisa y guiño me hicieron sentir, como el Super-amigo de Eli. Podríamos haber sido super héroes para siempre jugando detras de la ciénaga. Y nunca tendría que volver a la Casa de Locos otra vez. *Q*

Little Beirut, Oregon

The Year of the Green Wooden Horse

the day we heard your pulse race
    mouse-like, you sent your sky,

eliminated storms, rolled
    layer on layered clouds

glowing primary zinc
    & fire fed. like fleetest horses

cusping, you're accumulating,
defeating entire sky.

it heralds, a force
heralds you and rolls

out. vaulted heaven reflects
    illuminated pavement, cements

it back at; a color of spines formed
    opaling, rubbing magnesium

sparks. trees drop thaw, swollen
    drips glow the clouds
    moonstone.

piling icing bisects unbounded:
    robin's egg, and torrent,

rings it to a blossom —
    come & come & come.

silent hooves circumscribe
    vapor memorials, islands

crushing down the before,
    everything before.

bulbs fist their fronds up
    the soil. you send in this:

your aspect. show your home.
    signaling yourself you swell,

El año del caballo de madera verde

el día que oímos tu pulso en máxima velocidad
    como pulso de ratón, nos enviaste tu cielo,

elimniaste tormentas, rodando
    capas sobre capas de nubes

encendiendo zinc
    y alimentadas con fuego. como los caballos fugaces

cimándose, estás acumulándote,
derrotando al cielo entero.

anuncia, una fuerza
te anuncia y rueda fuera

el cielo abovedado refleja
    pavimento iluminado, cementos

vuelve; un color de espinas formadas
    de ópalo, frotando chispas de

magnesio. árboles dejan caer el deshielo, hinchadas
    gotas hacen brillar las nubes piedra luna.

Apilándo formaciones de hielo dividen lo ilimitado:
    huevo de petirrojo, y torrente,

anillos en flor —
    ven & ven & ven.

pezuñas silenciosas circunscriben
    conmemoriaciones de vapor, islas

aplastan a lo anterior,
    a todo lo anterior.

bulbos alzando sus frondas sobre
    el suelo. tu has mandado este:

tu aspecto. muestra tu casa.
    Señalándote a tu mismo te hinchas,

stretch my terrain. you are:
> older things in new atoms

charged, you are unfolding over.
> your entering cluster expands,

smothers my age before it.

— *J. M. Reed*

estiras mi terreno. tu eres:
> cosas viejas en nuevos átomos

cargado, estás desplegándote.
> Tu entrada el racimo se expande,

sofoca mi edad con su camino.

— *J. M. Reed*
(traducción, M. F. McAuliffe)

Razor Blades & India Ink

razor blades and india ink
on the bedside table, or her
sheets roughing up
my scraped knees
when i wake up alone. i
am lonely in a way
you would understand

if you were here.

she tells me the birds
are only singing because it's spring.
they don't trouble themselves
with weather the way i do.
they live the way i love,
in seasons. it has been february
for years.

— *Brenda Taulbee*

Cuchillas de afeitar y tinta de la india

hojas de afeitar y tinta de la india
en la mesa de noche, o su
ropa de cama me despeinando
a las rodillas raspadas
cuando me despierto sola. yo
estoy sola en una manera
que entenderías

si estuvieras aquí.

ella me dice que los pájaros
solamente cantan por la primavera.
no se preocupan
por el tiempo como yo.
viven en la manera en que yo amo,
en las estaciones. febrero ha continuado
por años.

— *Brenda Taulbee*
(traducción, T. Warburton y Bajo y rvb)

Helvetica / Switzerland

DAS SONETT VOM ZUCHTHAUS

Hier, wo die edelabgewogne Geste
galt, und wo wohlgeformte Redensarten
Anfragende gehorsam hießen warten,
wo beim gediegenen und prächt'gen Feste

manch Herz wohl zittert' unter seidner Weste
und Herrn und Damen in gewähltem, zarten
Betragen sich ergingen durch den Garten,
des Landes rings bedeutendste und beste

Gesellschaft unter zierlichen Allüren
auftrat, und wo die Klinken an den Türen
achtunggebietend glänzten, und Karossen

vierspännig an dem Volk vorüberschossen,
hier sehn sich heute solche eingeschlossen,
die so sind, daß man sie nicht soll berühren.

— *Robert Walser*

THE JAIL SONNET

Here, where nobly balanced gestures
held true, and where clean phrases
called on obediently waiting guests,
where many hearts trembled beneath silken vests

during dignified and splendid parties,
and ladies and gentlemen deported themselves
discreetly, tactfully through the garden,
the land's most eminent and finest

high society appeared and put on airs,
and where the imposing door
handles sparkled, and four-in-hands

raced past the common people,
here where those who shall not be touched
now find themselves locked up.

— *Robert Walser*
   (tr. fr. the German, Daniele Pantano)

Bosnia Herzogovina

Kolaž / Collage,
Ceмир አводиh

Melbourne, Victoria, Oz

Aeropuerto de Francfort

no hay nacionalidades aquí

sólo gente preparada a remontar sobre las nubes, llenas
de miedo, temblando, revueltras las entrañas
y todo lo demás en el otro lado
de la raza o el color de piel

nadie se apresura aquí — una metáfora para el viaje de vida
cuando entiendes que no quieres que se acabe

estoy buscando un revista alemána sobre tejido,
una que no tuviera en su casa; pero esta nación ha
renunciado
a tejer hace mucho tiempo; debería en cambio comprar un
libro
de historietas del pato Donald, repitiendo este hermoso
idioma
sin azúcar por el pegamento de la estampilla

todas las revistas de literatura del mundo
que conozco son iguales; aquí entonces, son
barbies feas, perfumes libres de impuestos,

anuncios en altavoces sobre niños perdidos,
mujeres elegantemente disfrazadas, sari telas de araña —
un paraíso simbólico que, para muchos,
reconstruye la torre de Babel

nos codeamos sin darnos cuenta en el avión,
unos a los otros, como hermanos

— *Giedrė Kazlauskaitė*
(*traducción, T. Warburty y Bajo y rvb*)

Frankfurt Airport

there are no nationalities here

only people prepared to rise above clouds, full
of fear, shaking, insides turned out,
and everything else on the other side
of race or the color of skin

no one hurries here — a metaphor for life's journey
when you understand that you don't want it to end

i am searching for a German knitting journal,
that one might not have at home; but this nation has
given up
knitting a long time ago; i should buy a comic book
instead
about Donald Duck, repeating this gorgeous language
unsweetened by postage stamp glue

all the world's journals that i know
from literature are the same; here then, are
ugly barbies, duty free perfumes,

announcements over loudspeakers about lost children,
elegantly costumed women, sari spider webs —
a symbolic paradise which, for so many,
rebuilds the tower of Babel

we touch elbows unawares in the airliner,
one to the other, as if brothers

— *Giedrė Kazlauskaitė*
(*tr. fr. the Lithuanian, Rimas Uzgiris*)

Es solo en las tormentas diarias

Está aislado en las tormentas diarias
Espera la reunion, en silencio maldice su destino
El hombre a quien le falta sólo una cosa para la felicidad:
La costilla perdida — yo.

— *Nina Wieda (traducción, T. Warburty y Bajo y rvb)*

Frankfurto oro uostas

čia nėra tautybių

tik susiruošusieji virš debesų, apimti
baimės, drebėjimo, vidurių sukimo
ir kitko, kas yra anapus
rasių, odos atspalvių

neskubantys it metaforoje apie gyvenimą kaip kelionę,
kai jau suvoki, kad nenori, jog ji kada nors pasibaigtų
ieškau vokiško mezgimo žurnalo, tokių retkarčiais atveža
ir pas mus, tačiau ši tauta seniai jau nebemezga;
vietoj jo derėtų nusipirkt bent jau komiksų
apie antulį Donaldą; kartotis šią gražią kalbą,
nenusaldintą pašto ženklų klijais

visi tie patys pasaulio žurnalai,
apie kuriuos žinau iš literatūros;
negražios barbės, duty free kvepalai

skelbimai per garsiakalbį apie pasimetusius vaikus,
dailios kostiumuotos moterys, sarių voratinkliai —
simbolinis rojus, kuriame daugeliui
atsigamina Babelio patirtys

aineryje nejučia glausdamiesi alkūnėmis
vieni kitų tarsi broliai

— *Giedre Kazlauskaitė*

Russia / Россия

Он одинок в житейское ненастье

Он одинок в житейское ненастье
Он встречи ждет, судьбу в душе кляна
Тот человек, которому для счастья
Не достает лишь одного ребра — меня

— *Нина Вида*

He is lonely in the daily storms

He is lonely in the daily storms
He waits for the meeting, silently cursing his fate
The man who lacks only one thing for happiness:
His missing rib — me.

— *Nina Wieda (tr. fr. the Russian, Olga Livshin)*

by the ground and let go of one hand, so I figured it was over, but he jerked me back up by his body, practically turned my elbow inside out he pulled so hard. He pinned me there on his chest, held my one arm straight out and the fucker played me like a guitar, strumming his fingertips across my butt and singing "*Baby baby baby baby.*" Right then my mom came in from outside and slammed the door.

Billy flinched and dropped me.

I hit the arm of our recliner on the way down, so when I landed on my head it didn't hurt that bad. I was so pissed off, it didn't matter. I stood up quick and laid into Billy like he was every oppressor the world ever saw.

Said, "Don't pick me up! You think you're Robert Wadlow? You're not even big! You think you can exploit people because they look different? Well you can't!" I should have planned a speech, I know, but when you're mad you can't ever remember them right anyway.

Robert Wadlow was the world's tallest man, if you didn't know. I bet Billy didn't.

Billy looked over at my mom, and she had her jaw set like she was about to twirl his stupid ass around the ceiling a couple times. He got mad like a lot of people do when they're busted. Said, "I'm just playin', you little freak." He slapped me across my eye with the backs of his fingers. Pointed over at my mom and said, "You need to keep this bug in a cage so people don't step on him."

She stomped over toward us, but he reached his hands way out and slammed them down on his legs. Said, "I'm done with this shit." Grabbed his Army surplus jacket and walked out.

That night, me and my mom burned his bass guitar at the crossroad.

She ended up crying all night about money, and how she didn't know how we were going to make it, and how we should have sold the bass guitar instead of burning it up, and how she was so sorry I got hurt, and how he was an asshole anyway, and how I can't talk to people like that. I didn't speak up about exploitation after that, mostly. Q

como si fuera una guitarra, rasgando sus dedos en mi culo y cantando "*Bebé bebé bebé bebé*". Justo entonces mi mamá vino de afuera y cerró de golpe la puerta.

Billy se estremeció y me dejó caer.

Me golpeé con el brazo de nuestro sillón reclinable en el camino de bajada, asíque no me dolió tanto cuando aterricé en la cabeza. Pero estaba tan encabronado que no me importó. Me levanté rápido y vi a Billy como si fuera todos los tiranos que el mundo haya visto.

Dijo: "¡No me levantas! ¿Crees que eres Robert Wadlow? ¡Tú no eres ni siquiera alto! ¿Piensas que puedes reprimir a las personas porque se ven diferentes? ¡Bueno no puedes!" Yo debería haber preparado un discurso, ya lo sé, pero cuando estás furiosa no lo puedes recordar correctamente de todos modos.

Robert Wadlow era el hombre más alto del mundo, por si no los conoce. Apuesto que Billy no lo conocía.

Billy miró a mi madre, y ella tenía la mandíbula trabada como estuviera a punto derevolearle su estúpido culo por el techo un par de veces. Él se enojó como mucha gente cuando acaban de cacharlos. Dijo: "Sólo estoy jugando, monstruito". Me abofeteó a través de mis ojos con el dorso de sus dedos. Señaló a mi mamá y le dijo: "Tienes que mantener este bicho en una jaula asi la gente no lo pisa".

Ella corrió hacia nosotros, pero él alzó sus manos y golpeando sus piernas. Dijo: "A la mierda con esto". Cogió su chaqueta militar y se marchó.

Esa noche, mi mamá me quemmamos su guitarra en el cruce de carreteras.

Ella terminó llorando toda la noche sobre el dinero, y cómo no sabía qué íbamos a hacer, y cómo deberíamos haber vendido la guitarra en vez que quemarla, y lamentable quo you haya sido lastimado y cómo él era un idiota bastardo hijo de puta de todos modos, y como yo no puedo hablarle a la gente de esa manera. Después de eso practicamente yo no opiné mas sobre explotación. Q

Little Beirut, Oregon

IT HAPPENS EVERY TIME

Davis Slater

It happens every time I go to anything that's a spectacle — a new store opening, the movies, or a ball game, or whatever. People assume I'm in it, no matter what I'm wearing or where I'm standing or anything. Hell, people assume I'm a spectacle when I'm just eating lunch or tying my shoes or whatever all by myself, so when there are balloons and popcorn around, I know to just open up my shitstorm umbrella and wait it out.

I was turning seventeen, so it would have been just about five years since my fuse burned all the way down and I blew up. When I was twelve, I read a book by the guy I'm maybe named after: Booker T. Washington. He wrote about exploitation and separation and prejudice, so pretty much the story of my life. I decided the next asshole who treated me like a baby or a monkey or a clown was going to get everything I could throw at him, and double that if the fucker tried to pick me up. It ended up being my mom's new guy Billy. Might have been Benny. There were a couple right then that practically overlapped. I'll say it was Billy. He was bouncing around the house all happy on dope. Cranked up a record from Sly Stone and danced like a little girl. I stayed out of everybody's way, mostly, but I was kind of high myself on Booker T. Washington, so when he strutted over to me I stood my ground. He reached down like he was going to dance with me, and when I tried to slap his hands away he grabbed my wrists and pulled me off the ground. He swung me around and around, laughing his ass off, singing "*I want to take you high—igh—igh—igh—igh—igh—er!*" I yelled at him to stop, but he just kept laughing. He swung me up to where I almost hit the ceiling, and I felt like I was going to throw up. He swung me down

PASA CADA VEZ

Davis Slater

(traducción, T. Warburton y Bajo y rvb)

Pasa cada vez que voy a cualquier cosa que es un espectáculo, la apertura de una nueva tienda, el cine, o un juego de pelota o lo que sea. La gente asumen que soy parte, no importa lo que llevo puesto, o donde estoy parado, ni nada. Joder, la gente supone que soy supone que soy un espectáculo cuando estoy comiendo mi almuerzo, o atando mis zapatos o inclusive cuando ando solo, así que cuando hay globos y palomitas de maíz, sé como abrir mi paraguas y esperara porque que vendrá una tormenta de mierda.

Estaba cumpliendo los diecisiete años, asique serian cinco años desde que mi fusible se quemó del todo abajo y exploté. Cuando tenía doce años leí un un libro por el chico de donde viene mi nombre de: Booker T. Washington. Él escribió sobre explotación y separación y prejuicio, la historia de mi vida. Decidí que el próximo pendejo que me trate como a un bebé o un mono o un payaso iba a recibir todo lo que le podría tirrar, y el doble si el hijoputa tratara de levantarme. Terminó siendo Billy, el nuevo novio de mi mamá. Quizás fué Benny. Había un par en esa epoca que se mezclaron. Yo diré que era Billy. Él estaba saltando alrededor de la casa todo endrogado. Subió al palo en volumen de un disco de Sly Stone y bailó como una niñita. Yo decidí no estar en el medio, pero yo estaba lleno de Booker T. Washington, así cuando él empezó a pavear hacia mí me puse en guardiaa. Él se agachó como si fuera a bailar conmigo, y cuando traté de sacar sus manos agarró mis muñecas y me arrancó del piso. Me balanceó de lado a lado, riéndose a carcajadas, cantando "*¡Quiero llevarte alto — al — aal — aaal — aaal — aaaal — to*!" Le grité que parara, pero sólo siguió riéndose. Me balanceó hasta donde casi golpeé el techo, y sentí que iba a vomitar. Me balanceó hasta el piso y soltó mi mano, asi que pensé que había terminado, pero él me trajo hacia su cuerpo, y prácticamente dobló mi codo de tan fuerza. Él me trajo hacia su pecho, me sostuvo con un solo brazo y el hijoputa tocó

The NEW CRAZY

A poll conducted by the Mercury in October 2011 showed that 71% of Australians want cannabis legalised. Another poll done by The Daily Telegraph, one of Australia's most popular newspapers showed 56.5% think it should be legalized.

WHAT HAVE YOU LEARNT?

It's a Drag
1. WASTE PAPER
2. WASTE WATER
3. WASTE COAL

USE MORE OIL

In terms of the broader population, cannabis was not widely used in Australia until the 1970's.

Legislation reflected increased usage of cannabis ; in 1985 the National Campaign Against Drug Abuse was introduced, which was an assessment of illicit drug use among the general population.

OVERWORKED?

The problem

remained . . .

In 1964, with the discovery of hundreds of acres of wild hemp growing in the Hunter Valley in NSW, authorities responded with a massive eradication campaign.

WHAT'VE WE GOT HERE THEN?

FUG'N HIPPIE'S!

GET OFF MY LAND!

(... YOUR LAND?)

However, the baby-boomers of the 60's responded to the "evil threat" in a very different manner to the previous generation, with groups of surfers and hippies flocking to the Hunter Region in search of the wild weed which was described in reports as "a powerful psychoactive aphrodisiac."

For 150 years early governments in Australia actively supported the growing of hemp with gifts of land and other grants, and the consumption of cannabis in Australia in the 1974 century was believed to be widespread.

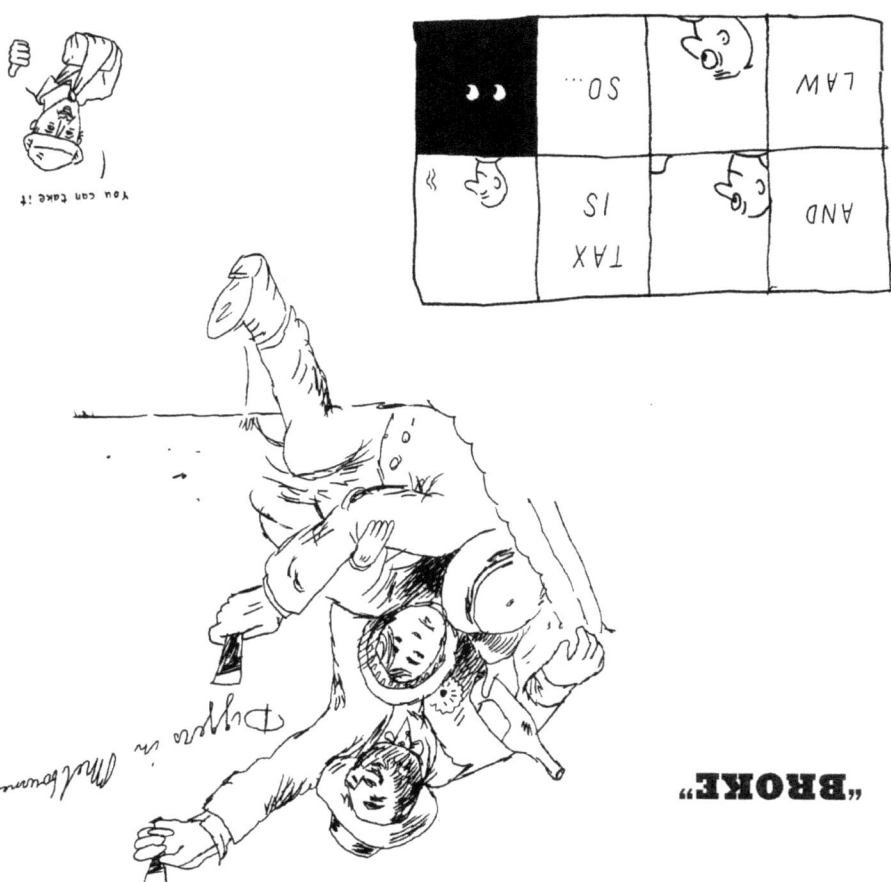

"BROKE."

You can take it

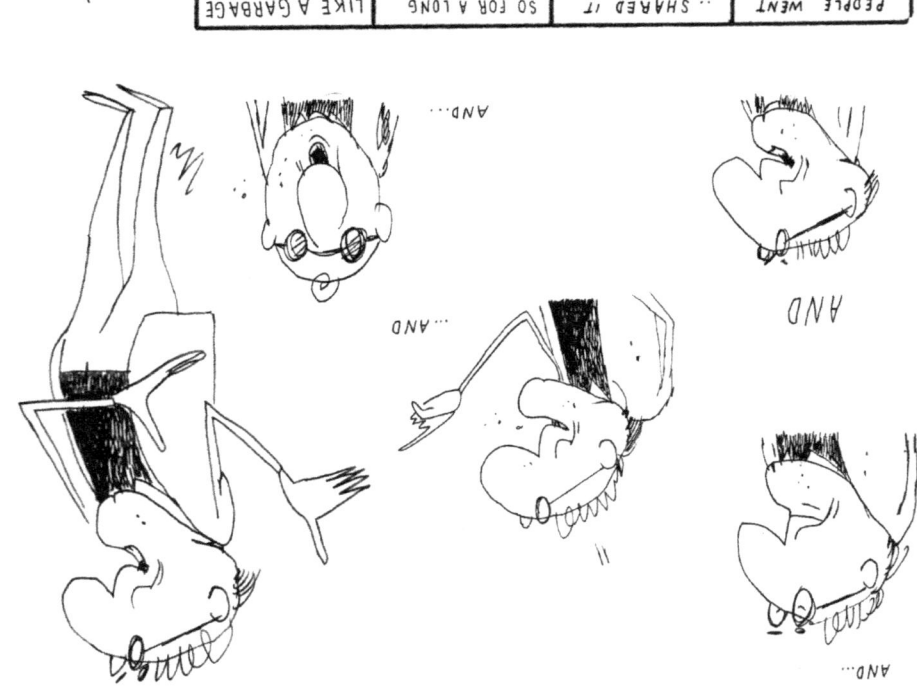

Until the late 19th century, "Cigares de Joy" were widely available; these claimed to "give immediate relief in cases of asthma, cough, bronchitis, hay-fever, influenza (and) shortness of breath."

| PEOPLE WENT 'N TOOK IT... |
| "...SHARED IT AROUND. |
| SO FOR A LONG TIME WEED WAS REALLY CHEAP, |
| LIKE A GARBAGE BAG FOR $100. |

~FUCK YEAH~

...AND

...AND

AND

AND...

NSW
WEED
HAUL

AS TOLD
BY MR.
D. LYNCH

The first record of common hemp seeds brought to Australia was with the First Fleet at the request of Sir Joseph Banks, who marked the cargo "for commerce," in the hope that hemp would be produced commercially in the new colony.

Cannabis was as important to the
economy of the age of exploration
as fossil fuel oil is to the economy
of the military industrial complex
of the western world today.

As Today
SO TOMORROW

Melbourne, Victoria, Oz

Cannabis Australis

The production of hemp was one of the prime motivators for the Anglo-European colonisation of the continent that became known as Australia.

Otra montaña conquistada por alguien, pero a mí no

Otra montaña conquistada por alguien, pero por mí no
Como la lava fresca, las nubes acarician a sus cuestas
Está suave y azulada en mayo
Está ceremonial y real en el invierno

Me llama. Sabe que voy a llegar.
Casi estoy, más allá de aquella curva que se vislumbra.
Abrirá la puerta un viejo mayordomo
Y pasará en mi cristal ningún cubito de hielo, pero una estrella

— *Nina Wieda*
   (traducción, T. Warburty y Bajo y rvb)

Russia / Россия

Еще одна гора покорена не мной

Еще одна гора покорена не мной
Прохладной лавой облака ее ласкают
Она пушиста и голубовата в мае
Она торжественна и царственна зимой

Она зовет. И знает, что приду.
Вот-вот, за тем брезжащим поворотом
Мне старенький слуга ответит, «Кто
    там?»
И бросит вместо льда в бокал звезду

— *Нина Вида*

Another mountain conquered by someone else, not me

Another mountain conquered by someone else,
not me
Like cool lava, clouds caress its slopes
It's downy and bluish in May
It's ceremonial and royal in winter

It's calling me. It knows that I'll come.
Almost there, around that looming turn.
An old butler will answer the door
And drop in my glass not an ice cube, a star

— *Nina Wieda*
  (tr. fr. the Russian, N. Wieda)

að fara í gegnum slæmt plástur. Ég var alinn upp kaþólsk og ég hafði móður og föður í Idaho, og vinir, fullt og fullt af vinum, og ég hafði peninga, peninga í vasa mínum, peninga í bankanum, og að ég var nokkuð eðlilegur strákur, bara a slæmur plástur, það er allt. Ég var ekki glæpamaður. Ég var ekki sprunga fíkill, heimilislaus, ég var ekki ógn við samfélagið. Ég fékk AIDS er allt, og engin sjúkratryggingar.

En ég vissi ekki að fara til lögreglu bíl. Ég vissi ekki að fara.

Ég stóð þarna og stóð þar og stóð þar. Hvar var það að fara að var í burtu?

Ég gæti ekki verið annað en sem ég var.

Það er þegar vindurinn blés hatt minn burt. Það var of mikið.

Og í sömu svipan var ég, hatless yfirgefnar maður, hrædd, cowering, unbathed, grátur og grátur á stéttina undir Linden tré.

The dregs mannkyns.

Einn af okkur.

Okkur.

Einn af þeim. *Q*

I was raised Catholic and I had a mother and a father in Idaho, and friends, lots and lots of friends, and I had some money, money in my pocket, money in the bank, and that I was a fairly normal guy, just a bad patch, that's all. I wasn't a criminal. I wasn't a crack addict, homeless, I wasn't a threat to society. I got AIDS is all, and no health insurance.

But I didn't go to the police car. I didn't move.

I stood there and stood there and stood there.

Where was there to go that was away?

I couldn't be anything but who I was.

That's when the wind blew my hat off. That was too much.

And suddenly there I was, a hatless derelict man, frightened, cowering, unbathed, crying and crying on the sidewalk under a Linden tree.

The dregs of humanity.

One of us.

Us.

One of them. *Q*

una persona normal diría, *Hola Hola Hola, que tal, ¿cómo está.* Yo quería ir y explicar que la casa amarilla es mi casa, que yo era el dueño de casa, que yo era un escritor, que había escrito tres libros, que era un profesor, un profesor bueno, once de mis alumnos habían publicado novelas. No era reemplazable. Yo era Tom, Tom Spanbauer y que estaba pasando un momento de muy mala racha. Fui criado en la fé católica, y tenía una madre y un padre en Idaho y amigos, montones y montones de amigos, y tenía un poco de dinero, dinero en mi bolsillo, dinero en el banco, y que era un tipo bastante normal, es sólo una muy mala racha, eso es todo. Yo no era un criminal. No era un adicto al crack, o sin hogar, no era una amenaza para la sociedad. Tengo SIDA es todo, y ningún seguro médico.

Pero no fuí hacia la patrulla. No me moví.

Yo estaba allí, y me quedé allí y me quedé allí.

¿Dónde debería ir allí que fuera lejos?

Yo no podía ser otra cosa más que yo.

Ese fue el momento en que el viento me voló el sombrero. Fue demasiado.

Y de repente allí estaba, un hombre sin sombrero abandonado acobardado, asustado, sin bañase, llorando y llorando en la acera bajo un tilo.

La escoria de la humanidad.

Uno de nosotros.

Nosotros.

Uno de ellos. *Q*

eftir að þeir.

The lögga tók handjárnum mína burt.

Hann gerði ekki afsökunar. Hvað sagði hann, sagði hann.

"Þú veist aldrei hvað ég á að búast þessa dagana," sagði hann.

Daginn, nágranni minn flutti út. Bless hjarta hans. Ég veit ekki, það var eitthvað sem ég hafði gert?

Þá morgun síðar, kannski tvo, a rok í morgun. Það var ekki rigning og ég gæti farið út. Ég stóð á gangstéttinni, undir Linden tré, tré sem hafa blóma gera te til að róa taugarnar. The vindur blása The Linden lim. Ég slaka öxlum, fætur mína veldi undir mig, ég tók djúpt andann. Ég lækkaði örmum mínum og þá lyfti þeim. Ég byrjaði the hægur hreyfingar Tai Chi.

Eldri innfæddur par með matvöruverslun körfu fulla af flöskum skrölt handan við hornið. Ég steig aftur frá gangstéttinni og láta þá fara. Þeir myndu segja mér nöfn þeirra nokkrum sinnum en ég man aldrei nöfn þeirra. Ég sé þá mikið.

"Aðgerð Tai Chi þinn í morgun, Tom?" Maðurinn sagði.

"Það er gott fyrir gamla fólkið," sagði konan og eftir að hún sagði að bæði maðurinn og konan veifaði vopn sín eins Tai Chi. Þeir voru að hlæja og ég byrjaði að hlæja líka.

Út af the horn af auga mínu, á mótum, bara sitja þarna með hreyfilinn í gangi, bara utan Lindens, hvernig ljón situr eða úlfur, bíða, var lögga bíl.

Það var ég fram: á obscenity Screamer sem í skýrslunni sagði byssu skot.

Óttast allt í kringum mig, inní mér. Mig langaði til að fara yfir til lögga bíl, segja eitthvað eins og venjulega manneskja myndi segja, hey hi hello how are you. Ég vildi fara yfir og útskýra að gula húsið var hús mitt, að ég átti húsið, sem ég var heimili eigandi, að ég var rithöfundur, sem ég hafði skrifað þrjár bækur, sem ég var kennari, góður kennari, ellefu af nemendum mínum hafði birt skáldsögur. Ég var ekki að skipta. Ég var Tom, Tom Spanbauer og ég var bara

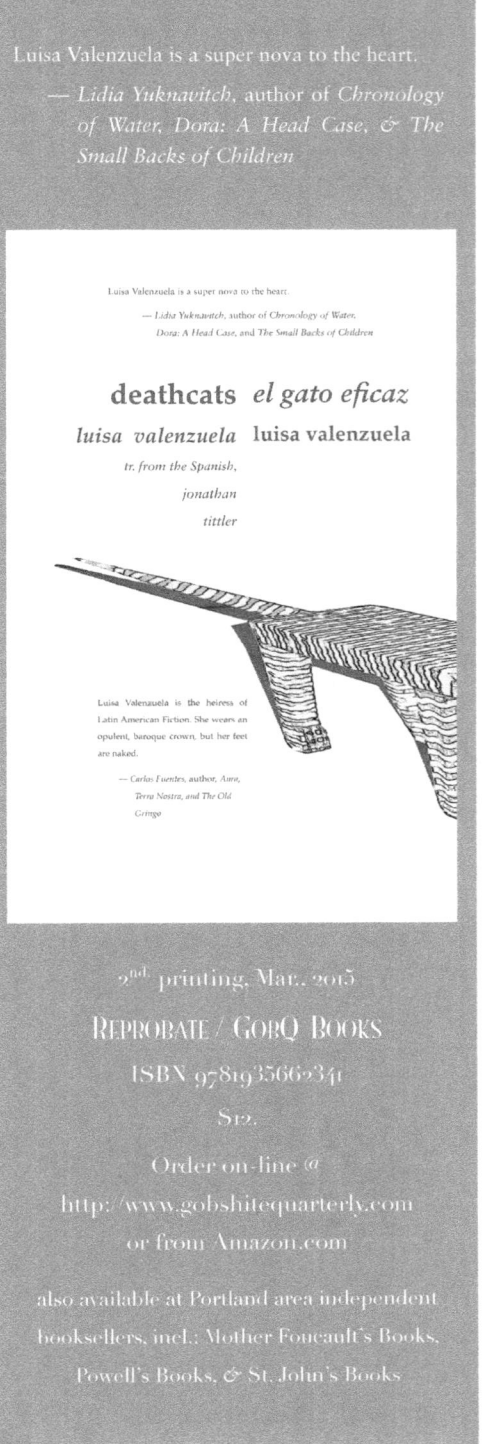

days," he said.

The next day, my neighbor moved out. Bless his heart. I don't know, was it something I'd done?

Then a morning later, maybe two, a windy morning. It wasn't raining and I could go outside. I was standing on the sidewalk, under the Linden trees, the trees whose blossoms make a tea to calm the nerves. The wind blowing the Linden boughs. I relaxed my shoulders, my feet square under me, I took a deep breath. I lowered my arms and then lifted them. I began the slow movements of Tai Chi.

An elderly native couple with a grocery cart full of bottles rattled around the corner. I stepped back from the sidewalk and let them pass. They'd told me their names a couple of times but I never remember their names. I see them a lot.

"Doing your Tai Chi this morning, Tom?" the man said.

"That's good for old people," the woman said and after she said that both the man and the woman waved their arms like Tai Chi. They were laughing and I started laughing too.

Out of the corner of my eye, at the intersection, just sitting there with the engine running, just beyond the Lindens, the way a lion sits, or a wolf, waiting, was a cop car.

There I was observed: the obscenity screamer who in the report it said *gun shot*.

Fear all around me, inside me. I wanted to go over to the cop car, say something like a normal person would say, *hey hi hello how are you*. I wanted to go over and explain that the yellow house was my house, that I owned the house, that I was a home owner, that I was a writer, I had written three books, that I was a teacher, a good teacher, eleven of my students had published novels. I wasn't replaceable. I was Tom, Tom Spanbauer and I was just going through a bad patch.

"Dónde está la taza de té?" preguntó.

"Esta en la basura debajo del fregadero," dije.

El policía habló en su walkie talkie.

"Verificar debajo del fregadero," dijo en el walkie talkie, "Mira en el bote de basura. Si hay una taza de té."

Unos minutos después, un policía, mujer joven, pelo rubio rizado, no más que veinticinco años, salió al porche trasero con la basura. Ella sacó la copa rota.

El sonido del metal. Todo se desconectó.

Tan rápido como al equipo de operaciones especiales había llegado, se fueron.

La policía me quitó las esposas.

No pidió perdón. Lo que dijo, lo declaró.

"Nunca se sabe qué esperar en estos días".

Al día siguiente, mi vecino se mudó. Bendito su corazón. No sé, ¿era algo que había hecho yo?

A continuación, una mañana más tarde, tal vez dos, una mañana de mucho viento. No estaba lloviendo, y yo podría ir afuera. Estaba parado en la vereda bajo los tilos, los árboles cuyas flores preparan un té para calmar los nervios. El viento que hace volar las ramas del Tilo. Relajé mis hombros, mis pies alienados debajo mío, tomé una respiración profunda. Bajé mis brazos y luego los levanté. Comencé a los movimientos lentos de Tai Chi.

Una pareja de ancianos nativa con un carrito de lleno de botellas traqueteó a la vuelta de la esquina. Camine fuera de la vereda y los deje pasar. Me dijeron sus nombres un par de veces antes, pero nunca recuerdo sus nombres. Los veo mucho.

"Haciendo su Tai Chi esta mañana, Tom?", dijo el hombre.

"Eso es bueno para las personas de edad", dijo la mujer y después dijo que tanto el hombre como la mujer agitaban sus brazos con movimentos de Tai Chi. Se reían, y yo comencé a reír también.

En el rabillo del ojo, en la intersección, sentado allí con el motor en marcha, sólo más allá de los tilos, de el modo que un león se sienta, o un lobo, a la espera, había un policía.

Allí estaba siendo observado: el gritón de obscenidades que en el informe dijeron que disparó con una pistola.

Me sentí con temor todo a mi alrededor, dentro de mí. Yo quería ir a la patrulla, decir algo como

swarmed í húsi mínu, inn á heimili mitt. Þeir sá morgunmatur rétti. The skál af haframjöl liggja í bleyti í vaskinum. Ný náttföt mín — ég keypti til að hjálpa mér að sofa - hangandi í skápnum. Rúm minn gerði upp. Ég gerði alltaf rúmið um leið og ég steig út úr rúminu. Myndirnar mínar á veggjum mínum. Sófanum mínum. Sjónvarp mitt sett. Hljómtæki minn. The rautt og gult hugleiðsla kodda á frontroom hæð. Inni í kæli, kjúklingabringur mínir, soðið egg mínir, soja vörur mínar. Jafnvel hvað var í skúffum mínum þeir sáu.

Uppi, niðri, allt í gegnum húsið, ég gat heyrt þá.

Hver veit hversu lengi ég stóð í bakgarði mínum undir eave gegn gulu húsi mínu, hendur mínar cuffed bak við mig, vopn benti á höfuð mitt. Allt á meðan ég er að hugsa þetta er flott. Ég var að hugsa hver er þetta að gerast til? Ég var að hugsa þetta verður að gerast við einhvern annan. Ég var að hugsa þeir ekki vita þetta er ég? Hvernig geta þeir meðhöndla mig með þessum hætti? Ég var að hugsa að ég er ekki glæpamaður, ég er ekki einn af þeim.

Ég ræskti mig fyrst. Varlega, hljóðlega, talaði ég.

"Sjáðu," sagði ég, "ég hef alnæmi, ég er í meðferð við þunglyndi. Ég reiddist í morgun og ég braut te bolla minn."

Lögreglumaðurinn lækkaði vopn hans.

"Hvar er te bolli?" Spurði hann.

"Það er í sorp getur undir vaskinum," sagði ég.

Lögreglumaðurinn talaði í walkie talkie hans.

"Athugaðu undir vaskinum," sagði hann í walkie talkie, "Í sorp getur. Fyrir brotnu te bolli. "

Mínútum síðar, lögga, ung kona, hrokkið ljósa hár, ekki eldri að tuttugu og fimm, gekk út á bak verönd með sorp getur. Hún dró út brotinn bolla.

Hljóðið úr málmi. Allt að aftengja, uncocked.

Eins fljótt og sem SWAT liðið væri kominn,

Breakfast

Coleman Stevenson

Coming this fall from Reprobate/GobQ

into my home. They saw the breakfast dishes. The bowl of oatmeal soaking in the sink. My new pajamas — I bought to help me sleep — hanging in the closet. My bed made up. I always made the bed as soon as I stepped out of bed. My pictures on my walls. My couch. My television set. My stereo. The red and yellow meditation pillow on the frontroom floor. Inside the refrigerator, my chicken breasts, my boiled eggs, my soy products. Even what was in my drawers they saw.

Upstairs, downstairs, all through the house, I could hear them.

Who knows how long I stood in my back yard under the eave against my yellow house, my hands cuffed behind me, a weapon pointed at my head. All the while I'm thinking *this is cool.* I was thinking *who's this happening to?* I was thinking *this must be happening to someone else.* I was thinking *don't they know this is me? How can they treat me this way?* I was thinking *I'm not a criminal, I'm not one of those people.*

I cleared my throat first. Gently, quietly, I spoke.

"Look," I said, "I have AIDS, I'm being treated for depression. I got angry this morning and I broke my tea cup."

The policeman lowered his weapon.

"Where is the tea cup?" he asked.

"It's in the garbage can under the sink," I said.

The policeman spoke into his walkie talkie.

"Check under the sink," he said into the walkie talkie, "In the garbage can. For a broken tea cup."

Minutes later, a cop, a young woman, curly blonde hair, no older that twenty-five, walked out onto the back porch with the garbage can. She pulled out the broken cup.

The sound of metal. Everything being disengaged, uncocked.

As quickly as the SWAT team had arrived, they left.

The cop took my handcuffs off.

He didn't apologize. What he said, he stated.

"You never know what to expect these

Walkie talkie En ese momento con todo lo que estaba pasando, estando de pie allí bajo el alero de mi casa amarilla, la lluvia de Portland que caía, una parte de mí tenía que reír. *Joder la walkie puta talkie.* No puedo creer que dijeras eso Tom.

Entonces toda la cantidad de policías hombres y muheres de azul uniformados del equipo especial se apelotonaron. Era un enjambre sobre mi patio trasero, desde la derecha, desde la izquierda, desde la valla delante de mí. Las sirenas y las luces rojas parpadeando. El equipo especial pululó hacia mi casa, hacia mi lugar. Vieron los platos del desayuno. El plato de avena, ven remojo en el fregadero. Mi pijama nuevo — lo compré para que me ayude a dormir — en el armario. Mi cama hecha. Siempre hice la cama tan pronto como salí de la cama. Mis fotos en mis paredes. Mi sofá. Mi aparato de televisión. Mi equipo estéreo. La almohada de meditación amarilla y rojas en el piso de la sala. Dentro del refrigerador, mis pechugas de pollo, los huevos hervidos, mis productos de soya. Incluso miraron lo que había dentro de mis cajones de la cocina y del dormitorio.

Arriba, abajo, hasta el final de la casa, los oía.

Quién sabe cuánto tiempo me quedé de pie en mi patio trasero bajo el alero de mi casa amarilla, mis manos esposadas detrás mío, un arma apuntando a mi cabeza. Todo el tiempo estoy pensando: *esto es perfecto.* Pensaba, ¿a quién le pasa esto? Pensaba que esto le debe estar pasando a otra persona. Estaba yo pensando: ¿No saben que este soy yo? ¿Cómo me tratan así? Estaba yo pensando, no soy un criminal, no soy ese tipo de gente.

Primero limpié mi garganta. Suavemente, silenciosamente, hablé.

"Mira", le dije, "tengo SIDA, estoy recibiendo tratamiento para la depresión. Esta mañana me enojé y rompí mi taza de té"

El policía bajó su arma.

margir byssur voru bent á mig. A tugi? Fimmtán? Tuttugu?

Heilt SWAT lið, kannski tvo.

Ég stóð frammi fyrir lögga sem var að tala við mig aftan frá á Mulberry Bush.

"Halda hendurnar fyrir aftan höfuð þitt og hreyfðu ekki!"

Þessi augnablik. Þessi augnablik í öllum augnablikum. Öll augnablik sem ég gerði alltaf það sem ég var sagt, allir augnablik að ég væri góður kaþólska strákur og gerði það sem ég var sagt. Í því bili, í hægri hendi minni bjó hluti af mér sem langaði til að færa, fljótur, fljótur hreyfing frá í hægri hendi minni til vasa mínum kannski. Það væri sprengja og kannski shattering, en í vindhviða shattering alla niðurlægingu og veikindi og endalaus hégómi breakfasts og von prótein og endurvinnslu sorp, alla djúp öndun og miðlun á rauðum og gulum kodda, allt grár Portland daga myndi enda.

Samt, ég vissi ekki að færa.

Lögreglumaður kom á mig aftan frá, dró örmum mínum niður harða. Hann sagði mér að hann var handcuffing mig eins og hann handjárnaður mig. Þá ýtti hann mér undan, hart. Ég féll næstum.

Það byrjaði að rigna. Lögreglumaðurinn brá vopn hans.

Þetta er vopn mín, þetta er byssan mín. Þetta er til að berjast þetta er gaman.

Hann sagði mér að standa undir eave gulu húsi mínu. Hann sagði mér ekki að tala, og ekki að færa. Í annarri hendi vopn hans var bent á höfðinu á mér. Í aðra hönd, a Walkie Talkie.

Walkie Talkie. Í því bili við allt sem var að gerast, standa þar undir eave gulu húsi mínu, Portland rigning drýpur niður, hluti af mér þurfti að hlæja. Walkie fuck Talkie. Ég trúi ekki að þú segir að Tom.

Og allur margir bláa einkennisklæddur SWAT lið lögreglu menn og konur swarmed. Það var kvik á bak garðinum mínum, frá hægri, frá vinstri, frá yfir girðinguna fyrir framan mig. Sírenur og rautt ljós blikkandi. The SWAT lið

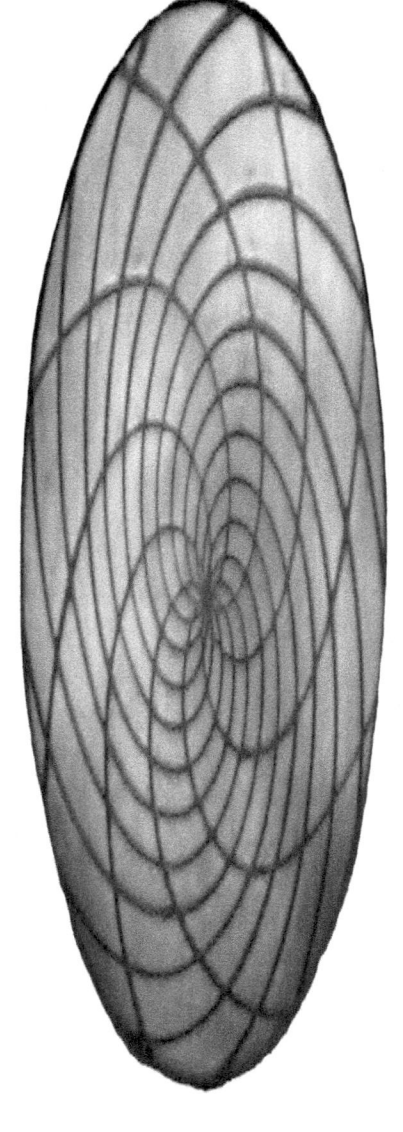

I faced the cop who was talking to me from behind the mulberry bush.

"Keep your hands behind your head and do not move!"

That moment. That moment in all the moments. All the moments I always did what I was told, all the moments I was the good Catholic boy and did what I was told. In that moment, in my right hand there lived a part of me that wanted to move, quick, a quick movement from in my right hand to my pocket maybe. There would be a blast and perhaps a shattering, but in the blast shattering all the humiliation and the illness and the endless meaningless breakfasts and the hope of protein and recycling garbage, all the deep breathing and the mediation on the red and yellow pillow, all the gray Portland days would end.

Yet, I did not move.

A policeman came at me from behind, pulled my arms down hard. He told me he was handcuffing me as he handcuffed me. Then he pushed me ahead, hard. I almost fell.

It started to rain. The policeman drew his weapon.

This is my weapon, this is my gun. This is for fighting this is for fun.

He told me to stand under the eave of my yellow house. He told me not to speak, and not to move. In one hand his weapon was pointed at my head. In his other hand, a walkie talkie.

Walkie talkie. In that moment with all that was happening, standing there under the eave of my yellow house, the Portland rain dripping down, a part of me had to laugh. *Walkie fucking talkie.* I can't believe you said that Tom.

Then all the many blue uniformed SWAT team police men and women swarmed. It was a swarm over my back yard, from the right, from the left, from over the fence in front of me. Sirens and red lights flashing. The SWAT team swarmed into my house,

a mi cabeza.

La parte de mí que siempre tiene miedo estaba de repente tranquila. Tal vez esto es lo que se necesita para parar el pulpo. Él apuntando con una pistola. Puse mis manos detrás de mi cabeza. Di un paso lejos de la puerta.

La policía gritó. "Camine lento alrededor y hacia abajo y párase al centro del jardín!"

Con las manos detrás de mi cabeza, caminané despacio alrededor y abajo en medio del jardín. El sonido del metal del arma, todo a mi alrededor, arma de metal, los gatillos apretados. Cuando miré estaba rodeado. No puedo decir cuántas armas me apuntaban. ¿Una docena? ¿Quince? ¿Veinte?

Un equipo de técnicas especials completo, quizás dos.

Estaba frente al policía que me había hablado desde detrás de la zarza mora.

"Mantén tus manos detrás de la cabeza y no te muevas!"

Ese momento. Ese momento en todos los momentos. Todos los momentos que siempre hice lo que me dijeron, todos los momentos en lo que yo era el muchacho católico bueno e hice lo que me dijeron. En ese momento, en mi mano derecha vivió una parte de mí que quiso moverse, rápido, un movimiento rápido de mi mano derecha a mi bolsillo tal vez. Habría una explosión y tal vez una devastación, pero en la explosión rompería todas las humillaciones y la enfermedad y los desayunos interminables sin sentido y la esperanza de la proteína y el reciclaje de basura, y toda la respiración profunda y la mediación en la almohada roja y amarilla, pondría fin a todos los días grises de Portland.

Sin embargo, no me moví.

Un policía hacia mí por detrás, bajó mis brazos con fuerza. Me dijo que iba esposarme y me esposó. Entonces me empujó hacia delante, con fuerza. Casi me caí.

Comenzó a a llover. El policía sacó su arma.

Esta es mi arma, esta es mi pistola. Esto para guerra, esto para fiesta.

Ordenó que yo me quedara quieto bajo el alero de mi casa amarilla. Ordenó que me callara, y que no me mueva. En una mano apuntaba su arma a mi cabeza. En su otra mano, un walkie talkie.

ríða!

Með gluggann minn, tvö hús í burtu, í bakgarðinum, nágranni minn var rakstur fer. Hann leit upp. Hann hafði heyrt mig öskra. Hann dró opinn farsíma sína. Ég steig fljótur utan dyrnar.

Ég sagði: "Ekki vera freaked út. Ég er ekki tilfinning svo góður í dag. Ég er bara að hleypa út lofti. "

Hann sagði: "Ég heyrði byssu skot."

Ég sagði: "Nei, það var te bolli minn. Ég kastaði te bolli minn og ég braut það. "

Trén, vindurinn í Linden tré að morgni, eitthvað var rangt, þannig að ég fór aftur inn í hús mitt. Ég sat í framan herbergi mitt á rauðum og gulum hugleiðslu kodda mínum. Ég bað ég meditated, ég andaði djúpt í hring öndun, uppeldi anda hægt niður til að rótarstöð minn, þá upp bakinu, að drekkja mér í þar sem kolkrabbi kemur út, yfir höfði mér, þá aftur út munni mínum.

Þá, á tilteknum augnablik, ég hafði hugsað að ég ætti að biðjast afsökunar nágranna minn. Ég hafði öskraði og bölvaði og ég hafði hræddur hann.

Svo ég opið bakdyramegin. Ég opnaði dyrnar. Ég steig út. Vindurinn í Linden tré. Ég lokaði dyrunum og læst dyrunum.

Ég heyrði: "Settu hendur á höfði og skref í burtu frá dyrunum!"

Þegar ég leit í kring, á bak við Mulberry Bush var lögga með riffli bent á höfðinu á mér.

The hluti af mér alltaf hræddur var skyndilega logn. Kannski er það það sem þarf til að stöðva kolkrabba. Benda byssu á hann. Ég setti hendur mínar fyrir aftan höfuð mitt. Ég steig í burtu frá dyrunum.

The lögga öskraði. "Ganga hægt um og niður og standa í miðjum garðinum!"

Með höndum mínum á bak við höfuð mitt, gekk ég rólega um og niður í miðjum garðinum. Hljóðið af byssu málmi, allt í kringum mig, byssu málmi, kallar dreginn, byssur cocked. Þegar ég leit ég var umkringdur. Ég get ekki sagt þér hversu

Breakfast

No. 62

In defiance of the realm I refuse the chores assigned to me.

These are my plates.
Those are her mugs.
His knives.

But let's eat at the same table.
Let's share the things that are alive.

— *Coleman Stevenson*

pain that always comes with the octopus.

I held onto my head and started yelling. I threw my tea cup against the door. Fuck! I yelled, And then fuck fuck fuck!

Through my window, two houses away, in the back yard, my neighbor was raking leaves. He looked up. He'd heard me yelling. He flipped open his cell phone. I quick stepped outside the door.

I said: "Don't be freaked out. I'm not feeling so good today. I'm only venting."

He said: "I heard a gun shot."

I said: "No, it was my tea cup. I threw my tea cup and I broke it."

The trees, the wind in the Linden trees that morning, something was wrong, so I went back into my house. I sat in my front room on my red and yellow meditation pillow. I prayed, I meditated, I breathed deep in a circle of breath, bringing the breath down slowly to my root chakra, then up my back, up to my neck to where the octopus comes out, across my head, then back out my mouth.

Then, at a certain moment, I had the thought that I should apologize to my neighbor. I had yelled and cursed and I had frightened him.

So I unlocked the back door. I opened the door. I stepped outside. The wind in the Linden trees. I closed the door and locked the door.

I heard: "Put your hands on your head and step away from the door!"

When I looked around, behind the mulberry bush was a cop with a rifle pointed at my head.

The part of me always afraid was suddenly calm. *Maybe that's what it takes to stop the octopus. Point a gun at him.* I put my hands behind my head. I stepped away from the door. The cop yelled. "Walk slowly around and down and stand in the middle of the yard!"

With my hands behind my head, I walked slowly around and down in the middle of the yard. The sound of gun metal, all around me, gun metal, triggers pulled, guns cocked. When I looked I was surrounded. I can't tell you how many guns were pointed at me. A dozen? Fifteen? Twenty?

An entire SWAT team, maybe two.

platos, hice mi té de de manzanilla. Incluso té para dormir me mantiene despierto, así que es sólo manzanilla, aunque no me gusta la manzanilla. Manzanilla huele como los días en la granja cuando rastrillabo heno.

Gregor Samsa, el pulpo, comenzó a avanzar por la parte de atrás de mi cuello. Durante días particularmente malos, un pulpo subía desde la parte trasera de mis cabeza, y succionaba sobre mi cabeza, sobre mi frente. El dolor siempre viene con el pulpo.

Me aferré a mi cabeza y empecé a gritar. Tiré mi taza de té contra la puerta. ¡Joder! ¡Grité, Y luego, joder, joder, joder!

A través de mi ventana, a dos casas de distancia, en el patio trasero, mi vecino estaba rastrillando hojas. Miró hacia arriba. Me había oído gritar. Él volteó su teléfono celular. Rápido, salí fuera de la puerta.

Le dije: "no se asuste. No me siento muy bien hoy. Sólo me estoy descargando".

Él dijo: "He oído el disparo de una pistola".

Le dije: "No, era mi taza de té. Tiré mi taza de té contra la puerta y me rompí la taza de té".

Los árboles, el viento en los tilos de esa mañana, algo staba mal, asique volví a mi casa. Me senté en la habitación de adelante, en mi almohadón de meditación amarillo y rojo. Recé, medité, respiré profundamente en un círculo de respiraciones, trayendo el aire despacio a mi chakra de la raíz, luego hacia mi espalda, hasta mi cuello de donde sale el pulpo, a través de mi cabeza, luego saliendo por mi boca.

Luego, en cierto momento, tuve el pensamiento de que debería pedir perdón a mi vecino. Había gritado y había insultado y lo había asustado.

Asique abrí la puerta trasera, y luego giré la manija. Salí afuera. El viento en los árboles de tilos. Cerré la puerta y usé mi llave para cerrar con llave la puerta.

Oí: "¡Ponga sus manos sobre su cabeza y paresé fuera de la puerta!"

Cuando miré alrededor, detrás del arbusto de moras había un policía con un rifle apuntando

"Jú," sagði ég.

"Man, vindurinn blés hatt minn burt," Leroy sagði: "Og ég veit ekki hvar það er."

Það á vinstri fæti Leroy var boltinn loki hans. Aðeins tommu frá skónum sínum.

Ég náði niður, tók upp húfu og gaf Leroy aftur húfa hans.

"Mighty þakklát þér," Leroy sagði, að setja á húfu hans, setja hönd sína á hettunni að ýta henni niður, "Nú eitt í viðbót. Gætirðu sagt mér hvaða átt Morrison Street er? "

The djúpt SOB djúpt í mér, svo skyndilega, á óvart. Þurfti ég að kyngja nokkrum sinnum áður en ég gat talað.

"Morrison er beint framundan," sagði ég, "Just ganga beint áfram."

Annar dagur í apríl 2000. Sérstaklega grá í langan unending byrjun og endir á gráum dögum.

Ég gerði það út úr rúminu, gerði morgunmatur minn, borðuðum morgunmat minn, sama morgunmat, á sama tíma, í sama gráa ský ljós í eldhúsinu, grár haframjöl, soðin egg án oksins, Tyrkland pylsum.

Prótein er gott. Ég hélt borða prótein vegna prótein var gott. Á hverjum degi ég gekk til Zupan er að kaupa prótein. Ég át prótein og ég endurvinnslu. Dósir í einu íláti, dagblöð í annað, pappírar í öðru. Endurvinnsla er góð líka. Endurvinnsla gefur þér eitthvað að gera.

Að morgni, eftir að ég skola það af leirtau, gerði ég chamomile te mína. Jafnvel Sleepytime te heldur fyrir mér vöku, svo það er bara chamomile, jafnvel þó að ég er ekki eins og chamomile. Chamomile lykt eins daga á bænum þegar ég var böggun hey.

Gregor Samsa, kolkrabba byrjaði skrið út af bakinu á hálsi mínum. Á sérstaklega slæma daga, er kolkrabbi skríða út úr hnakkanum, sog bollar upp yfir höfuð mitt, niður á enni mínu. Sársaukinn sem alltaf koma með k

Ég hélt á höfði mér og byrjaði að öskra. Ég kastaði te bolla mínu gegn dyrnar. Fuck! Ég öskraði, og þá fjandanum fjandanum

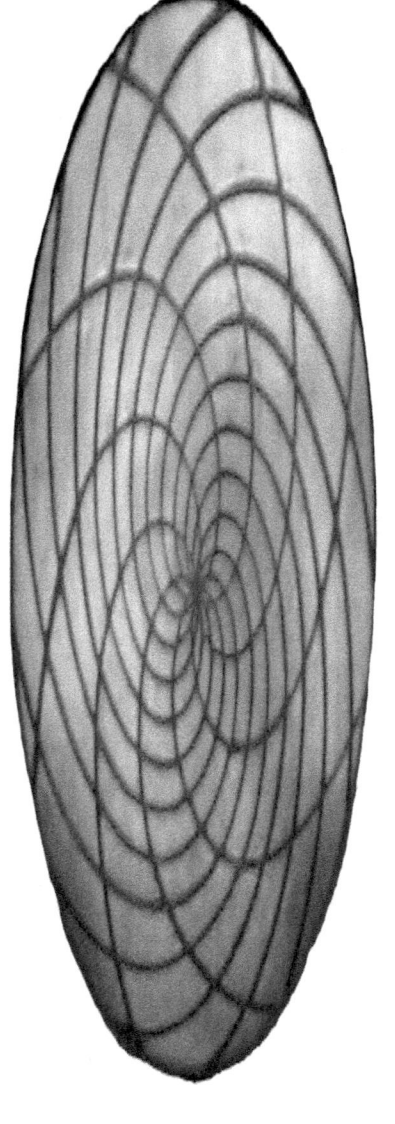

"Hey man," Leroy said, "Could you help me out?"

Help.

"Sure," I said.

"Man, the wind blew my hat off," Leroy said, "And I don't know where it is."

There at Leroy's left foot was his ball cap. Only an inch away from his shoe.

I reached down, picked up the cap and gave Leroy back his cap.

"Mighty thankful to you," Leroy said, putting on his cap, putting his hand on the cap to press it down, "Now one more thing. Could you tell me which direction Morrison Street is?"

The deep sob deep within me, so sudden, surprising. I had to swallow a couple times before I could speak.

"Morrison's straight ahead," I said, "Just walk straight ahead."

Another day in April, 2000. A particular gray in the long unending beginning and ending of gray days.

I made it out of bed, made my breakfast, ate my breakfast, the same breakfast, at the same time, in the same gray cloud light in the kitchen, gray oatmeal, boiled eggs without the yoke, a turkey sausage.

Protein is good. I kept eating protein because protein was good. Every day I walked to Zupan's to buy protein. I ate protein and I recycled. Cans in one container, newspapers in another, papers in another. Recycling is good too. Recycling gives you something to do.

That morning, after I rinsed off the dishes, I made my chamomile tea. Even Sleepytime tea keeps me awake, so it's only chamomile, even though I don't like chamomile. Chamomile smells like the days on the farm when I was baling hay.

Gregor Samsa, the octopus started crawling out of the back of my neck. On particularly bad days, an octopus crawled out of the back of my head, suction cups up over my head, down onto my forehead. The

girando. Él todavía no se había movido. Su piel negra negra. El blanco de sus ojos.

Me quede de pié por un momento respirando bajo. Pensé que Leroy podía saber que estaba allí de pie, pero no estaba seguro. Finalmente:

"¿Cómo va todo?" dije.

Leroy dió un giro. La manera que se se movió me sorprendió, los gestos en su cuerpo declararon lo feliz que estaba de escuchar mis palabras.

"Oye hombre", Leroy dijo, "¿Me podría echar una mano?"

Una mano.

— "Seguro" — le dije.

"Hombre, el viento quitó mi sombrero," Leroy dijo, "y no sé dónde está".

Junto a el pie izquierdo de Leroy estaba su gorra. Sólo una pulgada de distancia de su zapato.

Me agaché, y recogí la gorrra, y se la devolví.

"Muy agradecido", dijo Leroy, poniendosé su gorra, poniendo su mano sobre la gorra para presionarla hacia abajo, "ahora una cosa más. ¿Podría usted decirme en qué dirección es Calle Morrison?"

Hubo un sollozo profundo muy profundo dentro de mí, tan repentino, tan sorprendente. Tuve que tragar un par de veces antes que pudiera contestarle.

"Morrison todo derecho", le dije, "Sólo vaya todo derecho".

Otro día en abril del 2000. Un gris particular en el tiempo largo e interminable de días grises.

Me levanté de la cama e hice mi desayuno, comí mi desayuno, el mismo desayuno, a la misma hora, en la misma luz de nube gris de la cocina, avena gris, huevos cocidos sin la yema, una salchicha de pavo.

La proteína es buena. Sigo comiendo proteína porque la proteína es buena. Cada día fuí hasta al mercado Zupan para comprar proteína. Comí proteína y reciclé. Latas en un contenedor, periódicos en otro, papeles en otro. El reciclaje es bueno también. Reciclar te da algo que hacer.

Esa mañana, después de que limpié los

hund skít af gangstéttinni. Sópa, þrífa og tína upp hundur skít hafa orðið annað eðli við mig. Enn þann dag í dag, vakna ég upp þegar sorp vörubíll kemur snemma mánudögum.

Þannig að ég ákvað að taka það á mig að finna út hver Dog Shit Defiler Suðaustur Morrison var.

Það var ekki erfitt verkefni. Annan daginn minn á málinu, á stóru Sycamore, eins og ég var að labba, horfði ég a stór svartur Lab taka stór svartur skít þarna. Og eigandi ekki að færa til að þrífa óreiðu upp.

The stór svartur Lab var tengdur með belti til þungur setja mann. Ég held að nafn mannsins var Leroy. Leroy var cheery náungi, alltaf haft gott orð fyrir þig og höfuðhneiging.

Og eitthvað annað. Leroy var blindur.

Enn er þó gamla New York frábær í mig, Sópari, hreinni, sem þráhyggju ritualistic doer hélt að það í raun ekki máli - blindur eða ekki, Leroy setja á buxurnar hans annan fótinn í einu eins og restin af okkur , svo hann ætti að vera ábyrgur fyrir stórum hrúgur svarta LAB síns af skít.

Ég var á leið á leið til að nálgast efni með Leroy, þegar einn dagur, sem ég gekk upp rísa af Morrison að gatnamótum á þrítugasta og öðru, ég gat séð Leroy standa með svörtum Lab hans á mótum. Hann var bara standandi, ekki færa, augu hans vals leit upp til himins. Það tók mig næstum eina mínútu til að ná LEROY, og á þeim öllum mínútu, var hann ekki færa vöðva.

Ég fór yfir götuna. Augu Leroy er Stayed velt upp. Hann enn hafði ekki flutt. Svartur, svartur húð hans. Hvítu augnanna.

Ég stóð um stund anda lágt. Ég hélt að ég gæti sagt að Leroy vissi ég stóð þarna, en ég var ekki viss. Að lokum:

"Hvernig er hún að fara?" Sagði ég.

Líkami Leroy gerðu dýfa og rúlla. Leiðin sem hann flutti kom mér á óvart, vegna þess að allt í einu látbragði líkami hans sagði hversu glaður hann var að heyra orð mín.

"Hey maður," Leroy sagði: "Gætirðu hjálpað mér?"

Hjálp.

Breakfast

is

served

And thus I began another obsession. During my years in New York, I had worked as a super, and it was my job to keep the dog shit off the sidewalk. Sweeping, cleaning and picking up dog shit have become second nature to me. Still, to this day, I wake up when the garbage truck comes by early Monday mornings.

So I decided to take it upon myself to find out who the Dog Shit Defiler of Southeast Morrison was.

It wasn't a difficult task. My second day on the case, at the big Sycamore, as I was walking, I watched a big black lab take a big black shit right there. And the owner didn't make a move to clean the mess up.

The big black lab was connected by a harness to a heavy set man. I think the man's name was Leroy. Leroy was a cheery fellow, always had a good word for you, and a nod.

And something else. Leroy was blind.

Still, though, the old New York super in me, the sweeper, the cleaner, the obsessive ritualistic doer thought that it really didn't matter — blind or not, Leroy put on his pants one leg at a time like the rest of us, so he should be responsible for his black Lab's large piles of shit.

I was planning on a way to approach the subject with Leroy, when one day, as I walked up the rise of Morrison to the intersection of thirty-second, I could see Leroy standing with his black lab at the intersection. He was just standing, not moving, his eyes rolled looking up to heaven. It took me almost a minute to reach Leroy, and during that whole minute, he didn't move a muscle.

I crossed the street. Leroy's eyes stayed rolled up. He still hadn't moved. His black, black skin. The whites of his eyes.

I stood for a moment breathing low. I thought I could tell that Leroy knew I was standing there, but I wasn't sure. Finally:

"How's it going?" I said.

Leroy's body did a dip and roll. The way he moved surprised me, because all in one gesture his body said how glad he was to hear my words.

poco, día a día todo a lo largo de la calle.

Mierda de perro en la calle donde vivía.

Y, por lo tanto, el comienzo de otra obsesión. Durante mis años en Nueva York, yo había trabajado de portero, y era mi trabajo mantener la acera limpia de mierda de perro. Barrer, limpiar y recoger mierda de perro se han convertido en algo natural para mí. Todavía, hoy en día, me despierto cuando el camión de la basura viene por la mañana tempranos del lunes.

Así que decidí encargarme yo mismo de descubrir quién era el perro mierda de profanador del sureste de la calle Morrison.

No fue una tarea difícil. Mi segundo día en el misterio, junto al plátano, mientras caminaba, vi un perro labrador negro grande hecharse una gran mierda negra ahí mismo. Y el dueño no hizo ni un movimiento o esfuerzo para limpiar el desorden de su perro.

El gran labrador negro estaba conectado por un arnés a un hombre gordo. Creo que el nombre del hombre era Leroy. Leroy era un tipo alegre, siempre tenía una palabra amable para ti, y un guiño.

Sí, y además Leroy era ciego.

Inclusive así, y sin embargo, el portero de apartamentos de Nueva York en mí, la escoba, el limpiador, el obsesivo y obsesivamente ritualista, pensó que nada de eso importaba realmente — ciego o no, Leroy puso sus pantalones una pierna a la vez como el resto de nosotros, por tanto debería ser responsable ían ser los responsables de su labrador negro y sus grandes montones de mierda.

Yo estaba pensando la manera de hablar con Leroy, cuando un día, mientras caminaba por la subida de Morrison pude ver a Leroy parado con su labrador negro en la intersección. Él sólo estaba parado, sin moverse, sus ojos rodaron como si estuviera mirando hacia el cielo. Me tomó casi un minuto llegar hasta Leroy, y durante todo ese minuto, no movió ni un solo músculo.

Crucé la calle. Los ojos de Leroy sueguían

óþekkta, til skrifstofu félagsráðgjafa, ég var að standa í bláum gegn. Ég hafði talað við gestamóttöku sem var að fara að fá félagsráðgjafa svo að ég gæti talað við hann. Mikið af fólki lína veggina. Sprunga fíkla heimilislaus derelicts, hrædd, cowering, unbathed fólk. The dregs mannkyns. Ég drummed fingur mína á bláa borðið.

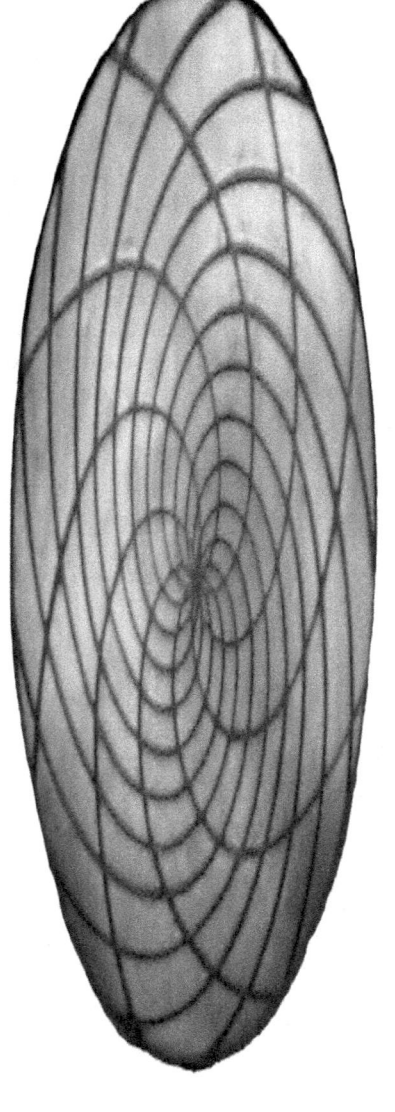

Bara svo maður gekk út úr bak skipting. Hann sagði, "Hvað ert þú að gera hér?" Hárið var her skera og það var eins og faðir minn hvernig hann talaði. Ég sagði, "Ég er að bíða eftir félagsráðgjafa mínum." Hann sagði, "Jæja bíða gegn vegg eins og aðrir. Hvernig annars eigum við að halda röð hérna?"

Eins og aðrir.

A QMB Læknisfræðilega þurfandi No Eyddu Down. Honum ég var bara annar strákur með alnæmi.

Við vegg, það var einu sæti vinstri, enda sæti. The endir sæti við hliðina á ólétta konu með langa svarta hár sem klæddist dökkum bláum bómull dress og grét í lacy vasaklút. Hún talaði til mannsins við hliðina á henni en ég þekkti ekki tungumálið.

Ég vissi ekki að sitja. Ég gæti beðið meðfram veggnum við aðra, en ég mynndi ekki sitja, ég myndi standa.

Það var annar staður sem ég gæti farið til. Market Zupan er á Belmont. Á hverjum degi, tvisvar á dag, í hádeginu og í kvöldmat, gekk ég um 489 skrefum frá bakdyramegin mitt til opnum rennihurðir af Zupan er. Fram og til baka, fram og til baka, vetur, sumar, haust, vor.

The apríl 2000, þá blokkir og ganga minn til Zupan hafði ákveðna bragð. Hundur skitið. Hrúgur af hundur skít voru birtast á leiðinni, fyrst í miðgildi mínu undir Linden tré, þá hægt, dag frá degi allt upp og niður götuna.

Hundur skíta á götunni þar sem ég bjó.

Og þannig ég byrjaði annan þráhyggja. Á árum mínum í New York, hafði ég starfað sem frábær, og það var starf mitt að halda

"agitation". The man said, "Xanax". The man said, "suicide".

Once, during a harrowing trip into the unknown, to the social worker's office, I was standing at a blue counter. I had spoken to the receptionist who was going to get my social worker so that I could speak with him. Crowds of people lined the walls. Crack addicts, homeless derelicts, frightened, cowering, unbathed people. The dregs of humanity. I drummed my fingers on the blue counter.

Just then a man walked out from behind a partition. He said, "What are you doing here?" His hair was a military cut and it was like my father how he spoke. I said, "I'm waiting for my social worker." He said, "Well wait against the wall like the others. How else are we supposed to keep order around here?"

Like the others.

A QMB Medically Needy No Spend Down. To him I was just another guy with AIDS.

Against the wall, there was one seat left, the end seat. The end seat next to a pregnant woman with long black hair who wore a dark blue cotton dress and cried into a lacy handkerchief. She spoke to the man next to her but I did not recognize the language.

I did not sit. I could wait along the wall with the others, but I would not sit, I would stand.

There was another place I could go to. Zupan's Market on Belmont. Every day, twice a day, for lunch and for dinner, I walked the four hundred and eighty nine steps from my back door to the open sliding doors of Zupan's. Back and forth, back and forth, winter, summer, fall, spring.

The April of 2000, those blocks and my walk to Zupan's had a particular flavor. Dog shit. Piles of dog shit were appearing along the way, first in my median under the Linden trees, then slowly, day by day all up and down the street.

Dog shit on the street where I lived.

hombre dijo: "Suicidio".

Una vez, durante un viaje horrendo hacia lo desconocido, en la oficina del trabajador social, estaba parado frente a un mostrador azul. Yo había hablado con la recepcionista que iba a traerme a mi trabajador social para que pudiera hablar con él. Había una multitud de personas alineadas las paredes. Adictos al Crack, vagabundos sin hogar, asustados, encogidos, gente mugrienta. La escoria de la humanidad. Golpeé mis dedos la mostrador azul.

Justo en ese momento un hombre salió detrás de su divisor. Él dijo: "¿Qué haces aquí?" Su pelo tenía una corte militar, y hablaba como mi padre. Le dije: "Estoy esperando a mi trabajadora social". Él dijo: "Bueno espera contra la pared como los demás. ¿O cómo vamos a mantener el orden por aquí?"

Como los demás.

Un beneficiario del programa de medicamentos sin costo. Para él era sólo otro hombre con SIDA.

Contra la pared, había un asiento libre, el asiento del final. El asiento final al lado de una mujer embarazada, con el pelo negro y largo, que llevaba un vestido de algodón azul oscuro, y que lloraba sonra un pañuelo de encaje. Habló con el hombre a su otro lado, pero no pude reconocer el idioma.

No me senté. Podía esperar a lo largo de la pared con los demás, pero no me sentaría, estaría de pie.

Había otro lugar donde podría ir. El Mercado de Zupan en Belmont. Cada día, dos veces al día, para almorzar y cenar, caminé los cuatrocientas ochenta y nueve pasos desde mi puerta trasera a las puertas corredizas abiertas de Zupan. Ida y vuelta, ida y vuelta, invierno, verano, otoño, primavera.

En abril del 2000, esos bloques y mi caminata a Zupan tenían un sabor especial. Mierda de perro. Montones de mierda de perro aparecían a lo largo del camino, primero en mi medianera bajo los tilos, luego poco a

einu sinni hvort hann hefði nokkurn tíma
verið í lægð. Hann sagði já, einu sinni þegar
kærastan hans fór hann. Við sátum í veldi
beige kalt kjallara herbergi með tölvu í það.
The konar loft flísar sem hefur hellingur af
holum og högg. Dead illgresi í glugga og
heilbrigður. Hann var klæddur gönguskór
og ólífu græna corduroys hvalur bein.
Síðasti lyf sem hann hafði gefið mér var eins
og að taka sýru blúnda með rottueitur. Hann
fullvissaði mig um að þessi nýja lyfjameðferð
væri betra. Það var ekki.

Árið 2000. Eitt ár, einn einkum ári í
veikindum mínum, þar alnæmi og næstum
deyja í '96, allra árum, árið 2000 var glataður
ári. Einn þunglyndislyfið eftir annað eftir
annað eftir annað. Paxil, Serzone, Effixor,
kannski eitthvað sem kallast Lexus, á og á
og á.

Bara um daginn, kastaði ég út allar flöskur,
hálfan mæliker af brúnum flöskum.

No sofa, eða Sofa, og þegar það var svefn,
voru martraðir.

Ég stend og lesa fyrir framan áhorfendur
og ég kem á síðustu síðu og síðasta síða
vantar. Þá er ég að leita að síðustu síðu í
gegnum the hvíla af the blaðsíða. Síður falla
úr höndum mínum, síður á gólfi. Síður og
síður og síður.

Á sjúkrahús einn dag, í kjallara, maðurinn
í línu fyrir framan mig beðnir um að nota
símann. Hann var grár eða ljósbrúnt eins
handlegg stólum í bið svæði, threadbare,
fljótlega að skipta. Andardráttur hans
var súr, þannig að ég steig í burtu. Langur
hans grár fingur skulfu. Þeir sleginn í
fjölda á símanum. Félagsráðgjafi hans var
uppptekinn, þannig að strákur fékk talhólf.
Leiðin maðurinn talaði ég gæti sagt það var
talhólf. Maðurinn lækkaði rödd sína en það
var til einskis. Hvar var það að fara að það
var frá í björtu flúrljómun? Á rödd póstur
á hinum enda línunnar, maðurinn sagði,
"ný Meds". Maðurinn sagði: "æsingur".
Maðurinn sagði: "Xanax". Maðurinn sagði:
"sjálfsmorð".

Einu sinni, meðan harrowing ferð í hið

Breakfast

what are you doing now
where did you eat your
lunch and were there
lots of anchovies...

— *Frank O'Hara, Morning*

stop lights, and two stop signs away. The doctor at the hospital was young and beautiful with long curly hair. I asked him once if he had ever been depressed. He said yes, once when his girlfriend left him. We were sitting in a square beige cold basement room with a computer in it. The kind of ceiling tile that has lots of holes and bumps. Dead weeds in the window well. He was wearing hiking boots and olive green whale bone corduroys. The last medication he had given me was like taking acid laced with rat poison. He assured me that this new medication would be better. It wasn't.

The year 2000. One year, one particular year in my illness, since AIDS and nearly dying in '96, of all the years, the year 2000 was the lost year. One anti-depressant after another after another after another. Paxil, Serzone, Effixor, maybe something called Lexus, on and on and on.

Just the other day, I threw out all the bottles, a half bushel of brown bottles.

No sleep, or little sleep, and when there was sleep, there were nightmares.

I am standing and reading in front of an audience and I get to the last page and the last page is missing. Then I'm searching for the last page through the rest of the pages. Pages falling from my hands, pages on the floor. Pages and pages and pages.

At the hospital one day, in the basement, the man in line in front of me asked to use the phone. He was gray or beige like the arm chairs in the waiting area, threadbare, soon to be replaced. His breath was sour, so I stepped away. His long gray fingers trembled. They punched in the number on the phone. His social worker was busy, so the guy got voice mail. The way the man talked I could tell it was voice mail. The man lowered his voice but it was no use. Where was there to go to that was away from under the bright fluorescence? To the voice mail on the other end of the line, the man said, "new meds". The man said,

stop. El doctor era joven y se veía bién, con el pelo largo y rizado. Una vez le pregunté si alguna vez había sufrido de depresión. Dijo que sí, una vez, cuando su novia lo abandonó. Estabamos sentados en un cuarto del sótano frío y cuadrado, con paredes de colores casi gris, y con un ordenador. El techo tenía ese tipo de azulejo que tiene un montón de agujeros y golpees. Había algunas malezas muertas en la ventana. El doctor llevaba pantalón de corderoi color verde oliva o hueso de ballena, y botas de montaña. La última medicación que me había dado se sentía como tomar ácido cortadó con veneno de ratas. Me aseguró que este nuevo medicamento sería mejor. Pero no fue así.

El año 2000. Un año, un año particular en mi enfermedad, desde el SIDA y que casi me muero en el '96, de todos los años, el año 2000 fue el año perdido. Un antidepresivo tras otro, y otro, y otro. Paxil, Serzone, Effixor, quizas algo que se llama Lexus, y así sin cesar.

Recién el otro día, tiré todas las botellas, una media fanega de botellas marrones.

Sin dormir or durmiendo poco, y cuando dormía tenía pesadillas.

Estoy parado y leyendo frente a una audiencia y llego a la última página, y la última página no está. Entonces busco la última página a través del resto de las páginas. Las páginas se caen de mis manos, cayendosé al suelo. Páginas y páginas y páginas.

En el hospital un día, en el sótano, el hombre en frente mío pidió usar el teléfono. Él era gris o beige como sillones en la sala de espera, raído y gastado, pronto para ser reemplazado. Su aliento era ácido, por lo que me mantuve lejos. Le temblaron sus dedos largos y grises. El recepcionista lo ayudó a marcar el número de teléfono. Su trabajador social estaba ocupado, y le atendió el contestador. Por la forma en que el hombre hablaba me di cuenta que era el contestador. El hombre bajó su voz pero fue inútil. ¿Donde se podía mir fuera de la luz brillante de los fluorescentes? El hombre le dijo al contestador en el otro extremo de la línea," "Nuevos medicamentos". El hombre dijo, "agitación". El hombre dijo: "Xanax". El

UNDIR LINDENS

Tom Spanbauer

(þýtt úr ensku, Michael Lohr)

Sumir dagar það var svo slæmt að ég var hræddur við trén. Þrír Linden tré í miðgildi ræma milli húsi mínu og götu. Þrír Linden tré yfir götuna. Sex Lindens allt í clump í lok Morrison.

Linden blóma gera te sem róar taugarnar.

Þegar vinur minn Sage sagði mér að ég leit upp á Linden blóma byrja að blómstra. Ég þurfti að brosa. Róar taugarnar.

Þremur árum síðan, hvernig mismunandi þessir tré leit.

Ef ég var fær til að fara út, ef ég gæti yfirgefa hús, ef það var bara skýjað og var ekki rigning, ef þessi dagur ég gæti borið á hvernig vindurinn flutti lim The Linden tré, og ef það væri aðeins einstaka bíl á þrítugasta, myndi ég standa með axlir mínar slaka á, fætur mínir veldi undir mig, taka djúpt andann, hækka vopn mín, lækka þá, þá byrja á hægur hreyfingar Tai Chi. Það er enginn annar staður í húsi mínu með pláss nóg til að keppa allt Tai Chi röð, aðeins á stéttina, almenningur stéttina frammi Morrison Street. Ég byrjaði Tai Chi í sama nákvæmlega staðnum, alltaf í þeim vettvangi, beint yfir frá Linden yfir götuna.

Í þá daga, og jafnvel enn nú, trúarlega og til voru allt sem ég þurfti.

Það var á sjúkrahúsinu. Það var hús Sálfræðingur míns. Þetta voru tveir staðir sem ég gæti farið. Einu sinni í viku til Hawthorne Street til að sjá Sálfræðingur mína. Á tveggja vikna fresti á sjúkrahús.

Spítalinn sex lið fjórir kílómetrar, fimmtán bremsuljós, og tveir stöðva merki burtu. Læknirinn á sjúkrahúsinu var ung og fögur með löngum hrokkið hár. Ég spurði hann

Little Beirut, Oregon

UNDER THE LINDENS

Tom Spanbauer

Some days it was so bad I was afraid of the trees. The three Linden trees in the median strip between my house and the street. The three Linden trees across the street. Six Lindens all in a clump at the end of Morrison.

Linden blossoms make a tea that calms the nerves.

When my friend Sage told me that, I looked up at the Linden blossoms beginning to bloom. I had to smile. *Calms the nerves.*

Three years ago, how different those trees looked.

If I was able to go outside, if I could leave the house, if it was just cloudy and wasn't raining, if that day I could bear the way the wind moved the boughs of the Linden trees, and if there were only an occasional car on Thirtieth, I'd stand with my shoulders relaxed, my feet square under me, take a deep breath, raise my arms, lower them, then begin the slow movements of Tai Chi. There's no other place at my house with space enough to dance the entire Tai Chi series, only on the sidewalk, the public sidewalk facing Morrison Street. I started Tai Chi in the same exact spot, always in that spot, directly across from the Linden across the street.

In those days, and even still now, ritual and order were all I had.

There was the hospital. There was my therapist's house. These were the two places I could go. Once a week to Hawthorne Street to see my therapist. Every two weeks to the hospital.

The hospital six point four miles, fifteen

DEBAJO DE LOS TILOS

Tom Spanbauer
(traducción, T. Warburton y Bajo y rvb)

Algunos días eran tan malos que tenía miedo de los árboles. Los tres tilos en la medianera entre mi casa y la calle. Los tres tilos del otro lado de la calle. Seis Tilos todos en un grupito al final de Morrison.

Las flores de tilo hacen un té que calma los nervios.

Cuando mi amigo Sage me dijo eso, miré las flores de tilo que comenzaban a florecer. Tuve que sonreír. *Calma los nervios.*

Hace tres años, qué diferentes se veían aquellos árboles miraron.

Si pudiera ir fuera, si yo pudiera salir de la casa, si estuvera sólo nublado y no lloviera, si ese día me pudiera enfrentar con la manera en que el viento moviá las ramas de los Tilos, y si pasaría un carro solo en la Calle Treinta, descansaría mis hombros mientras yo estaría allí parado, mis pies firmes debajo de mí, y respiría profundo y levantaría mis brazos y los bajaría, y luego comenzaría los movimientos lentos del Tai Chi. No hay ningún otro lugar en mi casa con espacio suficiente para bailar toda la serie de Tai Chi, sólo en la vereda, la vereda pública frente a Calle Morrison. Comencé Tai Chi exactmente en el mismo lugar, siempre en ese lugar, directamente en frente del Tilo de la calle de enfrente.

En aquellos días y aún ahora, ritual y el orden fueron todo lo que eran.

Estaba el hospital. Estaba la casa de mi psicoterapeuta. Estos eran los dos lugares a los que podía ir. Una vez por semana a la Calle Hawthorne para ver a mi terapeuta. Cada dos semanas al hospital.

El hospital quedaba seis punto cuatro millas, quince semáforos y dos señales de

The World

i. The world
Is a royal carriage
Driven by a handsome coachman
With badges

ii. The world
Is drafted by gorgeous ladies
Gathering in a garden Telling old tales
Mastering gossip

iii. The World
Is consecutive pictures of miserable ladies
Sleeping too much and waking up to their
    pictures
In fashion and sex magazines

iv. The World
Is a recurring tale
Starting with an idea on a bed
with dreams
Ending with convulsions
Clamouring
City taverns
At the end of the night

v. The World
Is ruled by paper-made leaders
And the ruled
Are people transformed into dough by time
constructed by children
toys and idols
parrot and guards
and a princess
who love the son of the old plantation

vi. The world
Is colored photographs
Taken by a woman
From the letter box
On anniversary days

vii. The world
Is a box of chocolates
In the hand of a hungry child

viii. The world
Is a long story

    — *Noureddine Bazine*
      (tr., El Habib Louai)

El mundo

i. El mundo
Es un carro de la realeza
Conducido por un cochero guapo
Con insignias

ii. El mundo
Es elaborado por hermosas damas
Reunidas en un jardín
Contando cuentos antiguas
Dominando el chisme

iii. El mundo
Es cuadros consecutivos de señoras
miserables
Que duermen demasiado y despiertan para
sus
Fotos en revistas de moda y sexo

iv. El mundo
Es una historia recurrente
Comenzado con una idea en una cama
con sueños
Terminando con convulsiones
Clamando
Tabernas de ciudad
Al final de la noche

v. El Mundo
Es gobernado por líderes hechos de papel
Y los gobernados
Son gente transformada en masa por el
tiempo
Construída por niños
juguetes e ídolos
loros y guardias y una princesa
que ama al hijo de la antigua plantación

vi. El mundo
Es fotografías coloreadas
Tomadas por una mujer
De la caja de carteras
En los días de aniversario

vii. El mundo
Es una caja de chocolates
en el mano de un niño hambriento

viii. El mundo
Es un cuento largo

    — *Noureddine Bazine*
      (traducción, T. Warburton y Bajo y rvb)

Morocco Maroc

العالم

العالم
عربة ملكية
يقودها حوذي وسيم
بنياشين.

العالم
من صنع سيدات جميلات
يجتمعن في حديقة
يسردن حكايات قديمة
ويتقن النميمة.

العالم
صور متعاقبة لسيدات بنيسات
بنمن كثيرا ويستيقظن على صورهن
في مجالات الموضة والجنس.

العالم
حكاية مكرورة
تبتدى بفكرة على سرير
مشروخ بالأحلام
وينتهي بتشنجات
تضج بها حانات المدينة
نهاية الليل.

العالم
يقوده حكام ورقيون
والمحكومون
بشر صيرهم الزمن عجينا
يركبه الأطفال
ألعابا وأصناما
ببغاء وحراسا
وأميرة
تعشق ابن فلاح المزرعة القديمة.

العالم
تصاوير ملونة
تلتقطها امرأة
من صندوق الرسائل
وفي أيام عيد الميلاد.

العالم
علبة شكولاتة
في يد طفل جائع.

العالم
حكاية طويلة.

العالم
يقوده حكام ورقيون
والمحكومون
بشر صيرهم الزمن عجينا
يركبه الأطفال
ألعابا وأصناما
ببغاء وحراسا
وأميرة
تعشق ابن فلاح المزرعة القديمة.

العالم
تصاوير ملونة
تلتقطها امرأة
من صندوق الرسائل
وفي أيام عيد الميلاد.

العالم
علبة شكولاتة
في يد طفل جائع.

العالم
حكاية طويلة.

four hour mark came and went. We were winding through the pretty countryside at a leisurely pace as the sun lit the smoke inside the bus and we bounced some more. We were out in the middle of nowhere, slowly rounding hillsides green with prickly pear cacti. It was an attractive landscape but there was no end in sight. The outskirts of Marrakesh were a long way off. Heading into mid afternoon, the five hour mark came and went. We were just puttering along. I looked across the aisle at S___, who was staring into space. We'd been on this bus long enough that these conditions had begun to pass for normalcy. I started to laugh. S___ looked over and laughed back. We hit another bump. The old curtains were falling off the walls. Q

valles más allá. El viaje había sido programado para durar cuatro horas pero las cuatro horas se repitieron una y otra vez. Serpenteábamos a través de la bonita campiña a ritmo pausado el sol iluminaba el humo dentro del autobús y nosotros rebotamos un poco más. Estábamos en medio de la nada, lentamente rodeando colinas verdes con cactus espinosos. Era un paisaje atractivo, no había ningún final a la vista. Las afueras de Marrakech se encontraban lejos. Hacia media tarde, la marca de cinco horas vino y se fué. Miré al otro lado del pasillo a S___, que estaba mirando hacia la nada. Habíamos estado en este autobús bastante tiempo como para estas condiciones comenzaron a pasar por normales. Comencé a reírme. S____ me miró y comenzó a reir. Otro bache. Las cortinas viejas se caían las paredes. Q

Little Beirut, Oregon

No. 76 *

Oh beloved urgency, where is it you hide?
It seems the year ends and starts again
　　today.
Children play basketball in driveways
up and down the street, yellow bullets
of crocuses already shot, petals
blown out and stamens drooping.

Overnight the trees are hung with doilies
and they are ready to rain white.
Where are we now?
In the land of the dead, nothing hurts.

— *Coleman Stevenson*

*) from the series "Breakfast"

Núm. 76 *

¿O urgencia amada, dónde te escondes?
Parece que el año termina y comienza otra
　　vez hoy.
Los niños juegan básquetbol en loscaminos
de acceso por las calles, las balas amarillas
de azafrán ya dispararon, pétalos
estallados y estambres caídos.

Durante la noche los árboles están adorna-
　　das con tapetes
Y están listos para llover blanco.
¿Y dónde estamos ahora?
En el país de los muertos, nada duele.

— *Coleman Stevenson*
(traducción, T. Warburton y Bajo y rvb)

*) de la serie *Desayuno*

sky. It seemed impossible that twenty minutes earlier we had been up there.

Now we started passing Berber women at the roadside, dressed in colorful fabric and jewelry, firewood piled onto their backs. We pulled into the first village on the northern side of the mountain range, a dreary place centered on a gas station and a pair of restaurants — a high altitude truck stop. We ground to a halt and our driver cut the engine.

I spent much of the half hour rest stop seated on the bus, motionless. I was recovering from a week-long bout of Giardia, the other passengers were elsewhere, and it was nice to have the vehicle to myself. It felt especially good to sit still. I looked at my watch. We had been in motion for three hours and yet we were still deep in the hills. The bus was running late, but what did it matter.

Eventually our driver reappeared and started the engine: once again, massive clouds of smoke billowed from the exhaust pipe, which on this old vehicle was mounted low and to the side, exiting just ahead of the rear wheel. We happened to be parked right next to a roadside chef who was tending a barbecue grill, and our tailpipe was aimed directly at him. The poor man was completely engulfed in the smoke and he started coughing, trying to hold his ground, but the smoke kept pouring out all over him and his charred lamb. It was relentless. Finally, he couldn't take it any more and walked away.

An old man in a heavy burnous came through and got caught up in the cloud: he made a quick exit down the hillside, thick blue smoke billowing all over his traditional robe. It was a pathetic sight.

Meanwhile, the fumes were intensifying inside the bus as well. Everyone opened the windows and our driver leaned on the horn for the last of the passengers to return. In another minute we were on our way again.

The valley opened into another one, and then more valleys beyond. The trip had been scheduled to last four hours but the

el valle.

¡Lo logramos!

Me di vuelta para mirar hacia atrás en los picos y vi un camión, minúsculo, en el borde del pavimento contra las rocas, en el cielo. Parecía imposible que veinte minutos antes habíamos estado allí arriba.

Ahora comenzamos a pasar a las mujeres bereber en el camino, vestida en tela colorida y joyas, con la leña apilada sobre sus espaldas. Llegamos al primer pueblo en el lado norte de la cordillera, un lugar triste centrado en una gasolinera y un par de restaurantes — una parada de camiones de alta altitud. Nos detuvimos y nuestro conductor apagó el motor.

Pasé la mayor parte de la parada por el resto de media hora sentado en el autobús, inmóvil. Me estaba recuperando de una semana de un ataque de Giardia, los demás pasajeros estaban en otro lugar, y era muy agradable tener el autobús para mí solo. Me sentí especialmente bien quieto. Miré mi reloj. Habíamos estado en marcha durante tres horas, y sin embargo, estábamos todavía dentro de las profundas colinas. El autobús estaba retrasado, pero a quién le importaba.

Finalmente nuestro conductor reapareció y puso en marcha el motor: una vez más, las nubes masivas de humo ondearon desde el tubo de escape, que en este viejo autobús estaba montado bajo y al lado, sale justo delante de la rueda trasera. Resultamos estar aparcados directamente al lado de un cocinero al borde del camino que tendía una parrilla de barbacoa, y el tubo de escape apuntaba directamente a él. El pobre hombre estaba totalmente envuelto en el humo y empezó a toser, tratando de mantener su compostura, pero el humo seguía cayendo sobre él y su cordero se estaba carbonizado. Era implacable. Por último, no podía más y se alejó.

Un anciano en un pesado albornoz llegó y se vió envuelto en la nube: hizo una salida rápida abajo por la ladera, azul humo ondulando sobre su túnica tradicional. La visión fue lastimosa.

Mientras tanto, los vapores se intensificaban dentro del autobús también. Todo el mundo abrió sus ventanas y nuestro conductor tocó la bocina para que el último de los pasajeros regresara. En un minuto estábamos en camino otra vez.

El valle se abrió en otro valle y luego más

hard, and the motor raced as we swung through one curve and headed toward the next. CLANK! The sharp sound of metal against metal in the undercarriage had picked up and I hoped it was not the brakes, the only mechanism CLANK! keeping us from sailing off the edge CLANK! Somehow our driver would manage to stay in control.

It was at this point that I made another curious discovery: in addition to moving up and down at the fractures, the entire wall of the bus was flexing half an inch inward or outward at every curve. CLANK!

We had sped up dramatically and now we were using both lanes of the highway, swinging wide through one curve after the next CLANK! The old bus was being pushed to its limits. It was all just a stupid test CLANK!

I could see the highway nearly a mile down below, winding along the valley floor. I knew that in twenty minutes we would either be down there or we'd all be dead. I paused and tried to accept our fate, whatever it might be.

We were now going faster than ever. I could smell the brakes and realized that our driver had heated them up as much as he dared and was now trying to conserve them. The engine started to backfire POP! POP! The rotted window moldings were slapping the outside of the vehicle. I braced for something to give way and finish us off. CLANK! We struggled through the next curve, our driver fighting the wheel, with an unhappy look on his face. I wished only to be away from the mountain, away from the sky, and down on the valley floor where this bus belonged.

Down, down, down we went until finally we rounded a curve and the road settled into a gentle slope heading toward the valley floor.

We'd made it!

I turned to look back up at the peaks and saw a truck, miniscule, on the ribbon of pavement up against the rocks in the

Pareció que realmente necesitaríamos mucho más suerte para pasar esto. ¡KLANQUÉ! Era perfectamente consciente de que personas mueren en los autobuses en situaciones parecida a ésta en lugares remotos del mundo cada semana, entones ¿por qué no todos en el mismo autobús hoy? ¡KLANQUÉ! ¡KLANQUÉ! Realmente a esta altura nuestra situación no me importaba demasciado. ¡KLANQUÉ! Ell conductor combió de velocidad, con fuerza, y el motor corría carreras de una curva a otra curva. ¡KLANQUÉ! El sonido agudo de metal contra metal en el tren delantero había tomado protagonismo y yo esperaba que no sean los frenos, el único mecanismo ¡KLANQUÉ! que nos mantenía en vela en el borde de la montaña ¡KLANQUÉ! De alguna manera nuestro conductor se las arreglaba para mantener el control.

Fue en este punto que hice otro descubrimiento curioso: además de los movimientos hacia arriba y abajo en las fracturas, toda la pared del autobús se flexionaba una media pulgada hacia adentro o hacia afuera en cada curva. ¡KLANQUÉ!

Habíamos acelerado dramáticamente y ahora ivamos por los dos carriles de la carretera, balanceando ampliamente de una curva a la siguiente ¡KLANQUÉ! El viejo autobús estaba siendo empujado a sus límites. Todo era sólo una prueba estúpida ¡KLANQUÉ!

Podía ver la carretera casi una milla hacia abajo, serpenteando a lo largo del valle. Sabía que en veinte minutos estaríamos allí, allí abajo o todos estaríamos muertos. Hice una pausa y traté de aceptar nuestro destino, sea el que sea.

Ahora íbamos más rápido que nunca. Yo podía oler los frenos y me dí cuenta de que nuestro conductor había calentado los tanto como él se atrevió y ahora estaba tratando de conservarlos. El motor comenzó a petardear POP! POP! Escuché las molduras podridas de la ventana golpeando por fuera del autobús. Estaba listo para que algo acabara con nosotros. ¡KLANQUÉ! Luchamos por la curva siguiente, nuestro conductor peleando la rueda, con una mirada infeliz de su cara. Sólo deseaba estar lejos de la montaña, estar lejos del cielo y abajo en el valle donde el autobús pertenecía.

Abajo, abajo, abajo seguimos hasta que finalmente redondeamos una curva y el camino se asentó en una parte de suave pendiente hacia

sounded important, almost like a warning that the bus did not belong on the mountain, but we were going ahead with it anyway. CLANK! We would get over the pass alive, Inshallah.

Up, up and up we went, through the curves, higher and higher until it seemed that we could not possibly climb any further and all I could think about CLANK! was that what we were attempting was a very bad idea CLANK!

Finally the road leveled off. We had reached the summit of the Tizi n' Tichka pass, at nearly seven thousand feet, well above the tree line. There was no vegetation, just bare rocks and sky. Off to one side was a parking lot lined with the shuttered wooden stalls of geode and crystal vendors. We were the only vehicle up here and there wasn't another soul around. On the other side of the road Jebel Bou Ourioul, the highest peak near the pass, stood another four thousand feet above us, in a realm of snow, wind and ice.

One struggle was over and the next was about to begin. We didn't pause at the summit, and I supposed this was all for the better, as it would be pointless to delay the inevitable. We started to roll downhill, picking up speed almost immediately. After spending the past forty-five minutes crawling up the incline, it felt a little bit too much like a free fall. The weight of the bus fully kicked in as we headed down the first straightaway toward a sharp curve. The views were magnificent and death-defying, at once. A layering of jagged hills and mountains stretched forty or fifty miles to the horizon. Down below, the highway followed barren ridge lines in a sinuous path, all the way to the valley floor.

Somehow we would make it.

I was sorry to note that the cliffs on this northern side of the mountain were, if anything, even taller and more terrifying than those on the southern side. It seemed that we really would need a lot of luck to get through this. CLANK! I was well aware that people died on buses very much like this one in the distant corners of the world just about every week, so why not all of us on this bus today? CLANK! I really didn't care for our situation all that much, but we were just along for the ride. CLANK! The driver downshifted,

no habíamos necesitado los frenos, pero pronto nuestras vidas dependerían de ellos. ¡KLANQUÉ! El ruido parecía importante, casi como una advertencia de que el autobús no pertenecía a la montaña, pero de todas formas seguíamos adelante con él viaje. ¡KLANQUÉ! Pasaríamos el paso vivos, Inshallah.

¡Arriba, arriba y arriba sequimos, a través de las curvas, más alto y más alto hasta que parecía que no había posibilidad de subir más y todo lo que podía pensar ¡KLANQUÉ!! era que lo que estábamos intentando una muy mala idea ¡KLANQUÉ!

Finalmente el camino se niveló. Habamos llegado a la cumbre del Tizi n' Tichka, a casi siete mil piés, por encima de la línea de árboles. No había ninguna vegetación, sólo rocas desnudas y el cielo. Hacia un lado había un estacionamiento alineado con puestos de madera con postigos de vendedores de geoda y cristal. Eramos el único vehículo aquí y no había otra alma alrededor. En el otro lado del camino Jebel Bou Ourioul, el pico más alto cerca del camino, otros cuatro mil pies por encima de nosotros, en un ámbito de nieve, viento y el hielo.

Un problema era terminado, y el siguiente estaba a punto de comenzar. No hicimos una parada en la cumbre, y supuse que esto era lo mejor, ya que sería inútil retrasar lo inevitable. Comenzamos a rodar cuesta abajo, tomado velocidad casi de inmediato. Después de pasar los últimos cuarenta y cinco minutos subiendo por la pendiente, se sentía un poco como caída libre. El peso del autobús dio puntapiés en cuando encabezamos la primera pista recta hacia una curva aguda. Las vistas eran magníficas a la vez que desafiaban la muerte. Una superposición de colinas y montañas se extendía cuarenta o cincuenta millas hacia el horizonte. Por debajo, la carretera seguía estéril líneas en la cresta de un camino sinuoso, todo hacia abajo hacia el fondo del valle.

De alguna manera lo haríamos.

De alguna manera lamente notar que los acantilados en este lado del norte de la montaña eran, si acaso, aún más altos y más aterrador que aquellos en el lado del sur.

18 | GobQ Fall 2015

earth. Behind the hills rose the white, snow-capped peaks of the High Atlas range, and that was where this bus was taking us, practically right over the top.

For a while we rolled along up a valley of cement block towns, slowly gaining altitude. Then the subtropical vegetation faded away, replaced by stands of aspen trees. We had entered a realm of traditional Berber settlements, mountain villages constructed almost entirely of rock, mud and straw. It was late November and winter had arrived in these parts. The outlines of leafless trees graced the bare rock, while the white peaks of the High Atlas, obscured for much of the past half hour by lower ranges, suddenly reappeared directly above us, shining brilliantly in the late morning sun.

At last we hit a major incline at the base of the mountains and our engine immediately began to strain under the load. Shepherds and their goats scrambled out of our path. But it was hard to take much pleasure in the scenery because the road had tucked in against a rock face and the cliff on the downhill side was becoming more terrifying by the minute. There were no guardrails here, nothing except a tiny gravel strip separating our bus from the expanse of open air beside us. We climbed higher and higher up the mountain, struggling along at an ever slower pace and swerving out of the path of decrepit trailer trucks barreling down in the other lane. The road was barely wide enough. I looked over the cliff edge and saw mangled truck skeletons on the rocks far below. At least we were moving at a crawl. Yet I knew that every meter we climbed was a meter we would have to descend on the other side.

If this wasn't enough, the bus started making a loud noise, CLANK! The sound was coming from the undercarriage. It sounded like metal striking metal, at roughly ten-second intervals. CLANK! It wasn't the exhaust, was it the suspension? A brake caliper? On this bus it could have been anything. Up until now we hadn't really needed the brakes, but soon our lives would depend on them. CLANK! The noise

del Alto Atlas, y alli es donde nos llevaba este autobús prácticamente hacia la punta.

Por un tiempo pasamos a lo largo de un valle de pueblos construídos con bloques de cemento, y poco a poco ganamos altitud. A continuación, la vegetación subtropical se desvaneció, reemplazada por plantaciones de árboles de álamos. Habíamos entrado un reino de aldeas tradicionales bereber, pueblos de montaña construídos casi enteramente de piedra, barro y paja. Era finales de noviembre y el invierno había llegado a estas zonas. Las líneas de árboles deshojados adornaban la roca desnuda, mientras que las cumbres blancas del Alto Atlas, oscurecieron durante gran parte la última media hora, de repente apareció directamente por encima de nosotros, brillando gloriosamente en la última hora de la mañana el sol.

Finalmente nos enfrentamos a una mayor inclinación en la base de las montañas, y nuestro motor comenzó inmediatamente a tironear bajo la carga. Los pastores y sus cabras treparon a travez de nuestro camino. Pero era difícil sentir placer en el paisaje ya que la carretera se había escondido sobre una pared de roca y el acantilado en el lado del descenso se hizo más aterrador minuto a minuto. No había barandillas aquí, nada excepto una franja de grava pequeña que separaba nuestro autobús del extenso aire libre a nuestro lado. Subimos más y más alto encima de la montaña, luchando junto a un ritmo más lento siempre, sobre un camino lleno de camiones deremolque decrépitos que bajaban sobre el lado opuesto de la estrecha vereda. El camino era apenas suficiente ancho. Miré por encima del borde del precipicio y vi esqueléticos destrozados de camiones debajo en las rocas. Al menos nos movíamos a una velocidad lenta. Aunque sabía que cada metro que subimos era un metro que tendríamos que descender del otro lado.

Por si esto no fuera poco, el autobús comenzó a hacer un ruido fuerte, ¡KLANQUÉ! El sonido venía del tren de aterrizaje. Sonaba como metal golpeando metal, aproximadamente a intervalos de diez segundos. ¡KLANQUÉ! No era el tubo de escape, ¿Era la suspensión? ¿Una pinza de freno? En este autobus podría haber sido cualquier cosa. Hasta ahora realmente

had to look twice before I could accept what my eyes were seeing — a fracture in the metal wall running from floor to ceiling directly beside his head. Distracted by the smoke, the bumps, and the switching of seats, he apparently hadn't noticed. S___ was always highly composed, and he looked perfectly ridiculous sitting next to this large crack. It sent me into a fit of laughter.

"What!" he called out, "what is it!"

I finally pulled myself together and crossed the aisle for a better look. The crack was approximately a quarter of an inch wide, and on closer inspection I could see that every time we hit a bump or rounded a curve the wall on either side of the crack moved up and down, independently.

The bus fuselage was splitting in half.

S___ didn't want to sit next to the crack, so we moved forward again, into the seats directly behind all the other passengers. So there we were, down to the last option and set for the long haul. Not a minute had gone by before S___ was calling out and pointing with feigned concern to the wall next to my leg. I almost couldn't believe it — yet another fracture! What, I wondered, was holding this bus together? I leaned forward for a closer look and noted the evidence of a botched welding job. The repairmen seemed to have given up a long time ago. I placed my hand over the crack, as if I could somehow heal the wound or wish it away. But the gravity of our situation was slowly sinking in: we would soon be climbing over the Tizi n'Tichka, possibly the highest mountain pass in all of North Africa.

* * * * *

An hour into the journey we were traveling through a dramatic landscape of hills, each starkly colored in distinctive tones of green, red and gray rock — a sight that must have been equal in natural beauty to any on

en la pared metálica que corría del suelo al techo directamente al lado de su cabeza. Distraído por el humo, los golpes de la pista y el cambio de asientos, por lo visto no la había notado. El S___ siempre estaba perfectamente compuesto, y ahora él parecía perfectamente ridículo sentado al lado de esta enorme grieta. Me dío un ataque de risa.

"¡Qué!" exclamó, "¿Qué pasa?"

Finalmente me recompuse y cruzé el pasillo para mirar mejor. La grieta era aproximadamente un cuarto de pulgada de espesor y en la inspección más cercana pude ver que cada vez que golpeamos la carretera o doblamos sobre una curva la pared a ambos lados de la grieta se moviá hacia arriba y hacia abajo, de manera independiente.

El fusilaje del autobús se estaba partiendo por la mitad.

El S___ no quiso sentarse al lado de la grieta, por lo que nos adelantamos una vez más, a los asientos directamente detrás de el resto de los pasajeros. Así que allí estábamos, con nuestra última opción y a largo plazo. No había pasado un minuto antes de que el S___ llamara mi atencíon y señalara con preocupación la pared al lado de mi pierna. Yo casi no podía creerlo — otra fractura. ¿Qué, me preguntaba, mantenía este autobús unido? Me incliné hacia adelante para mirar más cerca y noté pruebas de un trabajo de soldadura arruinado. Los reparaciones parecían haber fallado hace mucho tiempo. Yo puse mi mano sobre la grieta, como si de alguna manera pudiera curar la herida o desear que desaparezca. Pero la gravedad de nuestra situación caía lentamente: pronto subiríamos pronto sobre el Tizi n'Tichka, posiblemente el camino de montaña más alto en toda África del Norte.

* * * * *

Una hora en el camino y viajábamos a través de un espectacular paisaje de colinas, en increibles y distintas tonalidades de roca verde, roja y gris, una visión sin igual de belleza natural a cualquiera en la tierra. Detrás de las colinas se elevaban picos blancos, picos nevados de la Cordillera

a porter walked out the back door, signaling the beginning of the trip. The passengers were right at their heels, and within seconds the typical North African journey was underway: the jostling in line for position, the tied-together parcels skidding on gravel, the shouting and the ticket waving. All of this even though just nine passengers had shown up.

The baggage went below, the tickets were collected, and then we were all inside the bus. I was delighted to see that the other passengers had chosen seats at the very front, as it meant that S___ and I had the back half of the vehicle to ourselves. The journey would take four hours and we would be in Marrakesh by early afternoon.

The engine came to life. Enormous clouds of smoke billowed from the tailpipe, back-lit by the morning sun. Even by Moroccan standards it was an impressive sight. We sat in the yard, idling, and laughed until the smoke began to rise through the old floor and fill the vehicle, thickest in the back where we were seated. We opened the windows and wondered if the air would clear once we got going.

The bus lurched out of the yard and I immediately realized I'd been too enamored with the old vehicle to pay attention to its basic design. Like an American school bus, the back third was suspended in midair, behind the rear axle, and the first potholes launched us out of our seats. It was a bit like being on a trampoline — at last, an explanation for why the others had fought so hard for seats up front.

S___ and I gathered our belongings and relocated to the middle of the bus where the ride was marginally better. We rolled out onto the open highway and I glanced across the aisle to laugh at my friend about the absurdity of our situation. In turn he laughed at me. Then I noticed something so peculiar that I

hermosa antiguedad.

Pronto el conductor del autobús, su ayudante y un portero salieron por la puerta trasera, señalando el principio del viaje. Los pasajeros estaban junto a sus talones, y en cuestión de segundos el tipico recorrido del norte de África estaba en marcha: empujar en línea para posición, los paquetes juntos atados que patinan en grava, los gritos y la agitación del billete. Todo esto, aunque sólo nueve pasajeros habían llegado.

El equipaje fue abajo, se recolectaron los billetes, y luego todos los pasajeros estabamos arriba. Estaba encantado de ver que los demás pasajeros habían elegido en la delantera, ya que significó que S___ y yo teníamos la mitad de atrás del vehículo para nosotros mismos. El viaje duraría cuatro horas, y llegaríamos a Marrakech a primeras horas de la tarde.

El motor cobró vida. Enormes nubes de humo se elevaron desde la parte trasera del autobús, iluminado por el sol de la mañana. Incluso para las normas marroquíes fue una vista impresionante. Nos sentamos en la yarda, y nos reímos hasta que el humo comenzó a elevarse a través del piso y llenó el vehículo, más espeso en la parte de atrás donde estabamos sentados. Abrimos las ventanas y nos preguntamos si el aire se aclararía una vez que nos moviéramos.

El autobús dio tumbos fuera de la yarda e inmediatamente me di cuenta de que me había enamorado demasiado del viejo vehículo como para prestar atención a su diseño básico. Como un autobús escolar americano, el tercero posterior estaba suspendido en el aire, detrás del eje trasero, y los primeros baches nos enviaron volando fuera de nuestros asientos. Era un poco como estar en un trampolín, por fin, tuvimos una explicación de por qué los otros habían luchado tan duro por los asientos en el frente.

S___ y yo reunimos nuestras pertenencias y nos trasladamos al medio del autobús donde el paseo fue ligeramente mejor. Pasamos la autopista y miré a través del pasillo para reírme hacia mi amigo, por la absurdidad de nuestra situación. Por su parte, se rió de mí. Entonces me di cuenta de algo tan peculiar que tuve que mirar dos veces antes de que yo pudiera aceptar lo que mis ojos estaban viendo — una fractura

Morocco Maroc

EVERY EDGE A CENTRE: SUNLIT EXHAUST

David Hapgood

We made our way to the bus station, where a pair of touts were shouting, "Rachidia! Rachidia! Rachidia!" With a half dozen bus lines to choose from, they would receive a small commission for steering passengers to the window where their buddy worked. They had no reason to shout, as the terminal was nearly deserted, but they were shouting anyway.

My friend S___ and I made a beeline for one of the ticket counters, but not before one of the touts spotted us and ran over, "Rachidia!"

We weren't going to Er-Rachidia, but that didn't seem to matter. He stood beside us at the ticket window, the entire time calling out, "Rachidia! Rachidia!" The next bus to Marrakesh would leave in fifteen minutes, so that was the one we would be on. After we paid for the tickets he charged back across the terminal to join his friend, crying "Rachidia! Rachidia!" to the handful of passengers walking in through the front doors.

Out in back of the terminal an old bus rested in the sunlight, awaiting the next in its lifetime of journeys. It was a charming contraption, at least forty years old beneath a fresh coat of paint. It would be taking us up the High Atlas Mountains and then down the other side. There was nobody around and we had a few minutes to admire this beautiful antique.

Soon the bus driver, his assistant, and

CADA BORDE UN CENTRO: GASES DE COMBUSTIÓN SOLEADOS

David Hapgood

(traducción, T. Warburton y Bajo y rvb)

Hicimos nuestro camino a la estación de autobuses, en donde un par de vendedores gritaban, "Rachidia! Rachidia! Rachidia!" con media docena de líneas de autobuses para elegir, ellos recibirán una pequeña comisión por los pasajero que se dirijan a la ventana donde trabaja su amigo. No tenían razón para gritar, ya que la terminal estaba casi desierta, pero de todos modos gritaban.

Mi amigo S___ y yo fuimos directo hasta uno de las boletarías, pero no antes de que uno de los revendedoresnos nos vea y corra hacia nosotros, "Rachidia!"

No íbamos a Er-Rachidia, pero no parecia que esto importara. Él se quedó junto a nosotros en la boletaría, todo el tiempo "Rachidia! Rachidia!" El siguiente autobús a Marrakesh saldría en quince minutos, de modo que ese seria el que tomaríamos. Después de que pagamos los billetes volvió atrás a través de la terminal para acompañar a su amigo, gritando "Rachidia! Rachidia!" al puñado de pasajeros entrando por la puertas principales.

En la parte trasera de la terminal un viejo autobús descansó en la luz del sol, esperando el siguiente en esta vida de viajes. Era un artilugio encantador, al menos cuarenta años bajo una nueva capa de pintura. Podría llevarnos hasta lo alto de las montañas Atlas y luego abajo por el otro lado. No había nadie alrededor y tuvimos unos minutos para admirar esta

Bosnia Herzogovina

*Колла́ж / **Collage**,*

Семир Авдић

Garbus's music sounds as if it comes from a country whose name you struggle to remember. Photograph by Elena Dorfman.

images and movements such as light and darkness. But, other than that, I allowed myself to go where the film took me. When I was just beginning my work, I stumbled across the sound of a rattling door, whose audioclips I put together several times in a loop to create an effect which imitated the sound of a train on the tracks. This sound creates an image of train movement, but simultaneously alludes to a feeling of being trapped, and this helped me to make my way through the essay.

Editing *Black Is To Move* and figuring out how to structure the piece, on both an internal and external level, was quite challenging for me. In the end, I found it more beneficial to my project to just go with the flow, and follow wherever my ideas and the film led me. Looking back, I think that this is one of the most important aspects of the work: to simply let the film *move you* in the right direction. Q

contrastes de ciertas imágenes y movimientos (como los de las luces y las sombras). Más allá de eso, me permití ir adonde el filme me llevara. Cuando comencé a editar, di con el audio de una puerta que se encalla y, con él, creé un *loop* sonoro que imitaba el ruido de un tren desplazándose por las vías. Pero, este sonido, además de sugerir una imagen de movimiento, aludía también a la sensación de sentirse atrapado, y esto me ayudó a encontrar mi camino.

La realización de esta pieza, la búsqueda de una estructura tanto interna como externa, supuso un reto para mí. Finalmente, consideré más beneficioso para mi proyecto dejarme llevar, permitir que el filme y las ideas que iban surgiendo durante el proceso me guiaran. En retrospectiva, creo que este es uno de los aspectos más importantes de esta práctica: dejar que sea el filme el que te mueva (física y emocionalmente) en la dirección correcta. Q

---

(1) The title refers to an expression in chess signifying the need for a black piece to move.

© Janina Bocksch, May 2015; ed., Adrian Martin

---

(1) El título hace referencia a una expresión usada en ajedrez cuando alguna de las piezas negras es forzada a moverse.

Traducción al español © Cristina Álvarez López, junio 2015 | Texto original © Janina Bocksch, mayo 2015

foot. Movement also takes on a more poetic approach within the essay, when it is found in various elements such as water, smoke, light and shadows. All these clusters of images are also related with the movements and gestures of love and hate, good and evil. In my audiovisual essay, I show gestures that are ambiguous in their form; they are not what they seem — there is a constant and ever-changing shift between these two important emotions, as we perceive that each one is trying to outdo the other. Which side is going to win?

o a pie; el movimiento es abordado mediante un acercamiento más poético cuando lo encontramos en distintos elementos como el agua, el humo, la luz y las sombras; y, finalmente, todas estas imágenes conectan con los gestos y movimientos de bondad/maldad o amor/odio que pueblan la película. En mi ensayo, utilizo gestos que se tornan ambiguos, que son lo contrario de lo que parecen; hay un tránsito constante y siempre cambiante entre estas dos emociones opuestas y cada una de ellas trata de superar a su oponente. ¿Qué bando saldrá victorioso?

Besides the internal movement within the piece, there is also the movement of the audiovisual essay itself. In *Black Is To Move*, I tried to find different patterns and forms to express the dynamics of movement. Therefore, some parts of the essay appear more flowing, whilst others have a collage-like character. The outer structure of this essay was something I struggled with at first. I began by developing a meticulous plan in regards to how I would edit the piece but, after actually starting to do it, I realised that it would be difficult for it to work out. I therefore decided to pay less attention to my original plan and move on with the piece step by step.

Throughout the project, however, I stuck to the key internal concept of exploring the duality of good and evil through contrasting

Además del movimiento interno del ensayo audiovisual, está el movimiento de la propia pieza. Aquí, he optado por buscar distintos patrones y formas del movimiento que expresan sus distintas dinámicas. Por ello, algunas partes del ensayo son más fluidas, mientras otras tienen un carácter de *collage* más evidente. La estructura externa de *Black Is To Move* es algo que me costó esfuerzo encontrar. Primeramente, desarrollé un plan meticuloso con ideas acerca de cómo editar la pieza pero, en cuanto me lancé a la práctica, me di cuenta de que, en realidad, iba a ser difícil que funcionara del modo en que lo había previsto. Decidí entonces prestar menos atención a mi plan original y moverme, paso a paso, al dictado de la propia pieza.

A lo largo del proyecto, sin embargo, sí que me mantuve aferrada a un concepto interno clave: explorar la dualidad bondad/maldad a partir de los

Barcelona, Cataluña, España / Barcelona, Catalonia, Spain

The Night of the Hunter: Black Is To Move

Janina Bocksch

Black Is To Move: La noche del cazador

Janina Bocksch

(traducción, Cristina Álvarez López)

Black Is To Move [1] is an audiovisual essay about movement, through and through. Movement, on the surface, may appear to be something normal in everyone's existence, but in the cinematic world it is an element of great importance. When observing and understanding movement, we first focus on the physical part; but behind this also lies a large psychological aspect. We even have an expression that integrally connects our movements with our emotions, when we say 'I am moved.' Movement is therefore something much more complex than it originally seems.

In my audiovisual essay, I explore movement in Charles Laughton's *The Night of the Hunter* (1955). *Black Is To Move* incorporates different levels and understandings of movement. First of all, we notice the characters' constant need to move, in transportation media or by

Black Is To Move [1] es un ensayo audiovisual sobre el movimiento, a todos los niveles. A primera vista, el movimiento puede parecer algo muy común en la existencia de cualquiera, pero en el universo cinematográfico se convierte en un elemento de gran importancia. Cuando lo observamos y tratamos de entenderlo, comenzamos fijándonos en su lado físico; sin embargo, tras él se esconde un aspecto psicológico fundamental. En inglés, por ejemplo, utilizamos el mismo verbo (*to move*) para referirnos a un desplazamiento físico y a una experiencia emocional. El movimiento es, pues, mucho más complejo de lo que parece.

En mi ensayo audiovisual decidí explorar este aspecto en relación a *La noche del cazador* (The Night of The Hunter, Charles Laughton, 1955). *Black Is To Move* presenta distintos niveles y concepciones del movimiento. En primer lugar, está la necesidad constante de los personajes de desplazarse, sea usando medios de transporte

Cafés enciendan sus fuegos...

Cafés enciendan sus fuegos...
   Con humo, lluvia, cócteles,
Un piano desafinado, líneas
   cierto olor de flores.
Con la ropa mojada y pálida,
   cubierta por un chal negro,
entro en el carrete de película, irreal, efímero.
En algún lugar en las colinas de edificios
gigantes,
los reflectores recortan mi cuerpo del
      embrollo de coches...
   Una se cura
del amor, del otoño...
   Las luces dan color a la cara pálida
y la oscuridad cubre las mesas —
   una película falsa.

    — *Judita Vaičiūnaitė*
    (traducción, T. Warburton y Bajo y rvb)

Si accendono i fuochi dei caffè...

Si accendono i fuochi dei caffè...
   Di fumo, pioggia, cocktail,
di un pianoforte stonato e di astri
   prendono a odorare le rime.
Bagnati e smorti i vestiti,
   fasciata da uno scialle nero
mi addentro sola in un'irreale, fugace
fotogramma.
Da qualche parte ai piedi di smisurati edifici il
   mio piccolo corpo
tagliano i riflettori fuori dal groviglio delle
     macchine...
   Si guarisce
dall'amore, dall'autunno...
   E le luci tingono il pallore
e il buio si spalma sui tavoli –
   falsa immagine in movimento.

    — *Judita Vaičiūnaitė*
    (traduzione, Novella d Nuncio)

Sinninen rakennus

  Ilman ilmaa, veli ja minä
  resuscitating tyynyt,
  romahti, huohottaen
  viime lomakkeet jäähdytetty alas
  Myöhemmin hän leikata hänen
  kulmaksi, Poltin
  minun ikkunan alla
  mutta se tuli takaisin
  Pehmeä alttari,
  unimaskin,
  side

— *J. M. Reed*
(Käännetty Englanti tekijän, Michael Lohr)

Casa Azul

  Sin aire, mi hermano y yo
  resucitando almohadas,
  se cayó, gritos ajogados
  últimas formas enfriadas
  Más tarde, cortó su
  a una esquina, me quemé
  la mia debajo de la ventana
  pero vino atrás,
  un altar suave,
  máscara de dormir,
  ojos vendados.

— *J. M. Reed*
(traducción, T. Warburton y Bajo y rvb)

Vilnius, Lithuania

Užsidega kavinių ugnys...

Užsidega kavinių ugnys...
　　　Dūmais, lietumi, kokteiliais,
išderintu pianinu ir astrom
　　　ima dvelkti eilės.
Aplytais ir blankiais drabužiais,
　　　užsigobus juodą skarą,
aš įeinu viena į nerealų trumpalaikį kadrą.
Kažkur didžiulių pastatų papėdėj mano mažą
kūną
prožektoriai išrėžia iš mašinų maišaties...
　　　Pasveikstama
nuo meilės, nuo rudens...
　　　Ir žiburiai nuspalvina blyškumą,
ir užtriną tamsa stalus –
　　　netikrą judantį paveikslą.

— *Judita Vaičiūnaitė*

Cafes light their fires...

Cafes light their fires...
　　　With smoke, rain, cocktails,
an out of tune piano, lines
　　　that smell of asters.
With wet, wan clothes,
　　　covered by a black shawl,
I walk alone into the unreal, ephemeral reel.
Somewhere in the foothills of giant buildings,
searchlights cut my body out of the muddle
of cars...
　　　One heals
from love, from autumn...
　　　Lights color the pallid face
and darkness covers the tables —
　　　a false film.

— *Judita Vaičiūnaitė*
(tr. fr. the Lithuanian, Rimas Uzgaris)

Little Beirut, Oregon

Blue House

Without air, brother and I
resuscitating pillows,
collapsed, gasping
last forms chilled down
Later, he cut his
to a corner, I burned
mine below the window
but it came back
Soft altar,
sleeping mask,
blindfold

— *J. M. Reed*

Blár hús

Án lofti, bróður og ég
resuscitating kodda,
hrundi, gasping
síðustu eyðublöð kældur niður
Síðar, skera hann hans
í horn, brenndi ég
minn neðan glugga
en það kom til baka
Soft altari
svefn grímu,
blindfold

— *J. M. Reed*
(þýtt úr ensku, Michael Lohr)

Atėnai.

Michael Lohr, based in Ohio, returns w. a baker's 1/2-doz. respective Icelandic & Finnish tr. of several contribs.' works.

El Habib Louai, currently teaching English at a jr. high sch. in Agadir, Morocco, but on the road in the USA, here tr. . العالم/*The World/El Mundo* () (pome)(poema).

J.M. Reed has the sensation that her arms & hands are attached backwards. She hails from the same city as spray paint & has technically died twice (& yes there were ancestors around a table in a white house & she got told she couldn't stay & woke when her gag reflex kicked in under running& jumping & standing still water); in lieue of community service or weekend sentencing for her participation in an international bezoar smuggling operation, she has given poetic depositions in on *thethepoetry*, as well as *Vinyl Poetry #13*, & her prosaic depositions are on file in issues of *Pacific Horticulture* and *American Mead Maker*. She returns to GobQ w. a poetic deposition, w. *blue house / blár hús / sinninen rakennus / casa azul* (poem) (kvæða)(runo)(poema).

Davis Slater, who wrangled his MFA in Creative Writing fr. the University of British Columbia, whose work has appeared in *Nailed, The Masters Review, The Dead Mule Sch. of Souther Literature,* & *Revolt Daily,* & who curates a reading series at Amer. Leg. Post 134 in PDX's Alberta District, returns to GobQ w. *Happens Every Time / Pasa cada vez* (fiction)(cuento).

Tom Spanbauer, Portland-based Idaho & Peace Corps & Gordon Lisch survivor, has not only contrib. to the international republic of letters w. such novels as *Faraway Places, The Man Who Fell In Love With the Moon, City of Shy Hunters,* & most recently, *I Loved You More*, but has also contrib. to the national republic of letters by founding the Portland-based Dangerous Writers workshop, now in its 25th. year, a workshop which has helped writers as various as Kassten Alonso, Chuck Palahniuk, Monica Drake, & Lidia Yuknavitch find their own singular voices, & for which he has received the most recent James Holbrook award from Literary Arts; he returns w. a reprint of his Under The Lindens, only presented trilingually w. Spanish & Icelandic tr., as *Under the Lindens / Debajo de los Tilos / Undir Lindens* (fiction)(cuento)(sagan).

Coleman Stevenson's pomes have been in pubs, incl. *Seattle Rev., & Burnside Rev.* She returns w/ *no. 96** trilingually. No. 76 / Núm. 76 (pome) (poema). This pome is fr. *Breakfast*, a cycle of pomes incarnating itself as a chapbook this fall, fr. Reprobate Books.

Rimas Uzgiris has work in *Barrow St., AGNI, Atlanta Rev., Kin, Hudson Rev.* He teaches lit., tr. & creative writing at Vilnius U. He did the Eng. tr. of Burokas' *Para / All Day / Todo el día*; since he writes in Lithuanian, & in Eng., his own pome *Mirror Metaphysical / Veidrodžio metafizika / Espejo metafísico* was tr. into Lithuanian [& Spanish].

Juditha Vaičiūnaitė (1937—2001) is regarded as the best Lithuanian poet of her generation. She returns w. *Užsidega kavinių ugnys.../Cafés light their fires, tr.../Cafés enciendan sus fuegos...* **(poesija)(pome)(poema).**

T. Warburton y Bajo is co-tr., along w/ rvb, of a baker's doz. of this issue's English, Russian, Lithuanian, & Albanian lang. works into Spanish.

Нина Вида/Nina Wieda *Он одинок в житейское ненастье/He is lonely in the daily storms/ Es solo en las tormentas diarias* (поэзия)(pome)(poema), which she herself tr. fr. the русkий.

Graham Willoughby, whose artwork has adorned our covers since the 2nd. is., returns, & still in watery colour! Graham has exhibited in galleries in the US, Germany & his native Oz, & has artist books in museum colls. worldwide.

Gob Words 'alf time any body? This year has marked the 100th. year anniversary of W.W. I, the centennary, if you will, & out of the inauspicious settlements of that atrocity exhibition has grown every single god damn motherless fuck of a regional or global war in the last century, & in this. The only country that seems, so far, to have gotten a relatively good deal from W.W. I is Armenia, & they were absorbed by Soviet Russia. (Consider that, Armenia got a relatively good deal from those ashes.) A few historians have declared we are at year 100 of what may very well be a 200 year war. This year began with the solidarity of *Je sui Charlie*, & we meant it, man. & so too did the murderous bastards who took offence at *Charlie Hebdo*'s satire. Considering that *Charlie Hebdo* would run headline banners labelling French politicians as cunts, the offended Islamicists had gotten off lightly. & yes *Charlie Hebdo* is contrarian, even reactionary, at times. But, in any society with pretensions to democracy, that *is* the point. Some people get their religion, & other people get a freedom from religion & the right to mock the very notion of religion. Again, we're half way through a 200 yr war, with drones targeting civilians in at least five countries; on the other hand, we're 15 to 25 years from a cure for HIV. And on the other hand, our carbon footprint may do us all in by then. And the Supreme Court has upheld same-sex marriage, as well as the Affordable Care Act (*a.k.a.*, Obamacare), as well as the right for the state to cruelly execute its citizens, as well as corporate speech & corporate personhood. Speaking of corporate personhood, we are approximately 18 months from the 2016 presidential elections, & a veritable klown car of Republicoño candidates, 16 at last count, are running against President Obama. Apparently, no one has told them that he cannot run for a third term.

& oh yes, almost forgot, Greenpeace has made some small ammends for its appalling & racist desecration of a world heritage site in the Andes by sending 13 activists to suspend themselves from Willamette River's St. Johns Bridge to assist a #ShellNo kayaktivist blockade to prevent the Fennica, a Shell Oil-leased icebreaker, from returning to the Arctic, after it had docked in N.E. Portland for repairs of a badly damaged hull. Two days in a Shell Oil judge issued a restraining order, thus ensuring arrests, &

that this would actually get some nationa.l & global attention. & Given She'lls record thus far with arctic drilling, the world will watch as this season's drilling too ends in disaster, S, M, L, or XL. — *rvb*

---○○○○---

The Usual Suspects
CONTRIBUTORS

Семир Абдић / Semir Avdić, based in Sarajevo, has had pomes in Bosnian webzines & two print colls, as well as in GobQ. Also a visual artist, he returns to GobQ w. several colláges.

Christina Álvarez López, contrib. & founding ed. of Barcelona-based online journal *Transit, cine y otros desvíos*, returns w./ her tr. of Janina Bocksch's *The Night of the Hunter, Black Is To Move / Black Is To Move: La Noche del Cazador* (essay/ensayo).

Noureddine Bazine, one of the new generation of Moroccan poets, makes his GobQ debut, w. اع لها ل Jl/*The World/El Mundo* ()(pome)(poema).

Janina Bocksch, a film student in Germany, makes her GobQ debut w. *The Night of the Hunter, Black Is To Move / Black Is To Move: La Noche del Cazador* (essay/ensayo), orig. pub. in Barcelona's online film magazine, *Transit*.

Dan Cross & Michael Fikaris, Oz comic book collabs., return w. another installment of *Endless Karma*.

David Hapgood returns w/ Every Edge a Centre: Like Ghosts/ Cada borde un centro: Justo como fantasmas.

Merv Heers, a Melbourne-based artist, part of the comic art collective silentarmy.org, returns w/ *Cannabis Australis*, which has some things to teach us about recent marijuana legalization in WA, CO, & OR. There will be a test, so don't smoke.

Giedrė Kazlauskaitė wrote her doctoral dissertation at Vilnius U., where she studied Lithuanian lit. Her prose includes *Bye-Bye School!* (*Sudie, mokykla*, 2001), & her pome collections incl. *Hetaera Songs* (*Heterų dainos*, 2008, Young Yotvingian Prize winner), & *Las Meninas* (*Meninos*, 2014). Since 2010, she served as ed. of the weekly cultural periodical *Šiaurės*

6 | GobQ Fall 2015

56 & 57	Frankfurto oro uostas, Franfurt Airport, Aeropuerto de Francfort (poesija)(pome)(poema) (Lietuva/Lithuania)	*Giedre Kazlauskaitė;* *tr. fr. the Lithuanian, Rimas Uzgiris;* *traducción, T. Warburton y Bajo y rvb*
56 & 57	Он одинок в житейское ненастье, He is lonely in the daily storms, Es solo en las tormentas diarias (поззия)(pome)(poema)(**Руссия/Russia**)	*Нина Вида;* *tr. fr. the Russian, N. Wieda;* *traducción, T. Warburty y Bajo y rvb*
58	Колла́ж / Collage (**Bosnia Herzogovina**)	
58	Endless Karma: First World Problems (comic strip)(Oz)	*Семир Авдиħ* *Cross+Fikaris*

Respectfully flip the book over, as Issue 19, Summer,
2015, is a whole upsy-daisy 58 pgs away fr. the Fall 2015
issue

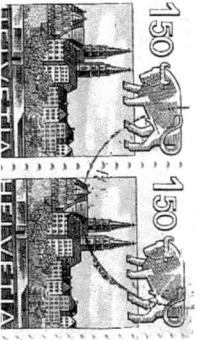

2	Portfolio: The One *& Only...* (Portfolio)(OR)	*M. F. McAuliffe*
5	Gobwords	*rvb*
5	The Usual Suspects	*Contributors*

8	Užsidega kavinių ugnys...,	*Judita Vaičiūnaitė;*
&	Cafés light their fires...,	*tr. fr. the Lithuanian, Rimas Uzgiris;*
9	Cafés enciendan sus fuegos..,,	*traducción, T. Warburton y Bajo y rvb*
	Si accendono i fuochi dei caffè... (poesija)	*traduzione, Novella d Nuncio*
	(pome)(poema)(poesia) (Lietuva/Lithuania)	

8	blue house,	*J.M. Reed;*
&	blár hús, sinninen rakennus,	*þýtt úr ensku, Käännetty Englanti tekijän,,*
9	casa azul,	*Michael Lohr; traducción, T. Warburton y*
	(pome)(kvæða)(runo)(poema) (OR)	*Bajo y rvb*

10	*The Night of the Hunter, Black Is To Move, Black Is To Move: La Noche del Cazador* (ensayo)(essay) (Cataluña/España)	*Janina Bocksch; traducción, Cristina Álvarez López*

14	*Every Edge a Centre: Sunlit Exhaust; Cada Borde un centro: Gases de combustión soleados* (essay)(ensayo)(Little Beirut, via Maroc)	*David Hapgood; traducción, T. Warburton y Bajo y rvb*

20	No. 76, Núm. 76 (poem)(poema)(OR)	*Coleman Stevenson; traducción, T. Warburton y Bajo y rvb*

22	ﻱﻫﻝ ﻉﺍ ﻝﺍ ,	*Noureddine Bazine;*
&	The World,	*tr. fr. the Arabic, El Habib Louai*
23	El Mundo	
	(pome)(poema)(Maroc / ﺽﻥﺍ ﺍ /Morocco)	

24	Under the Lindens,	*Tom Spanbauer;*
&	Debajo de los Tilos,	*traducción, T. Warburton y Bajo y rvb;*
25	Undir Lindens (fiction)(cuento)(sagan)(OR)	*þýtt úr ensku, Michael Lohr*

44	Еще одна гора покорена не мной,	*Нина Вида;*
&	Another mtn. conquered by someone else, not me,	*tr. fr. the Russian, N. Wieda;*
45	Otra montaña conquistada por alguien, pero a mí no	*traducción, T. Warburty y Bajo y rvb*
	(поэзия)(fpome)(poema)(Русския/Russia)	

44	Cannabis Australis, (comic strip)(Oz)	*Merv Heers*

54	Happens Every Time, Pasa cada vez (fiction)(cuento)(OR)	*Davis Slater; traducción, T. Warburton y Bajo y rvb*

The Usual Suspects

STAFF

Editor R. V. BRANHAM

Office Mgr. SOFIA SENSEI SATORI SHOSTAKOVNA SATYAGRAHA STOLICNIYA SASHIMI SHITKICKER

Assoc. Editor

Contrib. Editors T. WARBURTON Y BAJO & CHANNING DODSON & M. F. MCAULIFFE & MICHAEL LOHR
& DOUGLAS SPANGLE & ARIANNA MORGAN &

Field Correspondent MICHAEL LOHR

House Tr. T. WARBURTON Y BAJO (SP.) & CHANNING DODSON & チャニング・ドッドソン (JAPANESE)
& Алекса Сигала (RUSSIAN) & MICHAEL LOHR (SCAND.) & RVB (SP.)

Design T. WARBURTON Y BAJO

Cover Illo GRAHAM K. WILLOUGHBY

Cover comix & phfoto illos M. F. MCAULIFFE & FINNISH POSTAL SERVICE & WILD EYED GRP.

Photos M. F. MCAULIFFE, & T. WARBURTON Y BAJO

Layout T. WARBURTON Y BAJO & R. V. BRANHAM

Editorial & Design Assts. CHANNING DODSON & ARIANNA MORGAN & CAMILLE PERRY

Legal PETER SHAVER

Publisher GOBQ LLC/REPROBATE BOOKS

DOUBLE TROUBLE FLIPBOOK DOUBLE ISSUES PRINTED JAN. & JULY OF EA. YEAR.

Current ed., printing Ingram Spark [*prev. ed, printing* Unwork, Ediciónes Cascadia]

Also distributed nationally & internationally through INGRAM SPARK/LIGHTNING SOURCE POD

SOLD THROUGH INDEPENDENT BOOKSTORES & AVAILABLE THROUGH AMAZON DOT COM

P.R. P. H. VAZAK

Gobshite Quarterly: Double Trouble, Nos. 19/20, Summer & Fall 2015
ISBN 978-1-943276-29-5

GobQ volunteers: Qualified candidates please send résumé to

GobQ. LLC, 338 NE Roth St., Portland, OR 97211, or to gobq@yahoo.com

Sp. thanks to Craig Florence, Priscilla Galligan, Rhonda Hughes, Kevin Sampsell, Domi Shoemaker, Curtis Whitecarrol, Lidia Yuknavitch, & esp. thanks to Virginia Marting, M.F. McAuliffe, & Cesar Noriega for copy-editing all Spanish tr. fr. the English

Copyright © 2015, by Gobshite Quarterly, GobQ LLC., Individual Contrib. & tr. Copyrights notwithstanding...
All rights reserved & tra la la & boo-fucking-hoo....

Portfolio:
The one, the only, the Lidia Yuknavitch, photography, M.F. McAuliffe

GOBSHITE QUARTERLY
DOUBLE TROUBLE / ISSUE 20 – Fall 2015

Gobshite Quarterly
Double Trouble / Issue 19 – Summer 2015

This issue is dedicated to the memory of:

Robert Stone (21 Aug., 1937 — 10 Jan., 2015)
Francesco Rosi (15 Nov., 1922 — 10 Jan., 2015)
Anita Ekberg (29 Sept., 1931 – 11 Jan., 2015)
Edgar Willmar Froese (6 Jun., 1944 — 20 Jan., 2015)
"Terry" Pratchett, (28 Apr., 1948 — 12 Mar., 2015)
Dævid Allen (13 Jan., 1938 — 13 Mar., 2015)
Manoel de Oliveira (11 Dec., 1908 — 2 Apr., 2015)
Judith Malina (4 Jun., 1926 — 10 Apr., 2015)

─ ○ ○ ○ ─

This issue is dedicated to the memory of:

Eduardo Galeano (3 Sept., 1940 — 13 Apr., 2015)
Günter Wilhelm Grass (16 Oct., 1927 — 13 Apr., 2015)
Anne Meara (20 Sept. 1929 — 23 May, 2015)
Ornette Coleman (9 Mar., 1930 — 11 Jun., 2015)
Christopher Lee (21 May, 1922 — 7 Jun., 2015)
Phil Austin (6 Apr., 1941 — 18 Jun., 2015)
Gunther A. Schuller (22 Nov., 1925 — 21 Jun., 2015)
Patrick Macnee (6 Feb., 1922 — 25 Jun., 2015)

Gobshite Quarterly
Double Trouble / Issue 20 – Fall 2015

www.ingramcontent.com/pod-product-compliance
Lightning Source LLC
LaVergne TN
LVHW012119070526
838202LV00056B/5786